백화 문상희 제2시집

노을에 기대어 서서

도서출판 고운글문예

인생길 세월 한 모퉁이에서

저와의 인연이 되어 주신

모든 분들께 이 시집을 바칩니다 .

님 惠存(혜존)

저자 白華 文相熙 드림

노을에 기대어 서서

백화 **문상희** 詩人

두 주먹 불끈 쥐고
세상에 나온 지 어언 일 갑자 넘긴 세월
긴 세월 어떻게 살아왔으며 또 무엇을 얻었는가

두 주먹엔 허망함이요
옹이가 되어버린 생채기뿐인 누더기
뒤 돌아보면 가슴속 밀려드는 그리움뿐이더라

굴곡진 세상살이
멍에가 되어 버린 스쳐 지난 인연들
회한을 둘둘 말아 곱게 접은 추억 덩어리

서릿발 성성한 들판
늬엇늬엇 저물어 가는 길
갈길 바쁜 나그네 발목 잡아둔 묵은 세월의 흔적

해저문 노을에 기대어 서서

망각의 길 더듬어 끄집어낸 고뇌

한 올 한 올 기워 열정을 더해 창작한 글귀 들

곡차에 달랜 시름

휘갈긴 시 한 자락에 담은 애환

한편 두편 모아 두고 장고를 거듭하여 만든 책갈피

나 가고나면

늙으막에 열정으로 살아온 문학의 길

이름석자 기억이나 해주면 그저 고마운 일이지.

목 차

삼라만상에 머문 서정

제2부 나만의 詩想을 찾아서

제4부 시조(詩調)에 빠져들다

제1부

삼라만상에 머문 서정

앙증맞은 패랭이 꽃

오로라 빛 은하수
곱게 수놓은 밤하늘
작은 별똥별 하나 내려앉은 자리

차가운 밤이슬 맞으며
어둠 속에서 불태운 열정
감격의 눈물로 적신 꽃 나래

반짝이는 샛별 닮은 듯
고운 눈망울 초롱초롱
앙증맞은 꽃으로 피어난 요정

해지고 어두운 밤
보는이 없어도 홀로이
꽃으로 승화시킨 아름다운 여정

아침 햇살에 반가이 맞이하는 눈길로 다가와..

황혼에 피는 꽃

바람 찬 들판
외로이 서있는 노목
앙상한 가지 바람에 스러질 듯
볼품없고 메마른 노쇠한 영혼

실개천 봄버들
물 오르는 소리 들려와
내면에 꿈틀거리는 연심
춘풍에 실려 온 희망 한자락

가슴에 스며든 선홍빛 꿈 하나
움터오는 춘정에 되살아난 생명의 불씨
혼신의 노력으로 새싹 틔워낸 의지

생가지 끝자락
꽃망울 터지는 소리
싱그러운 바람에 들려온 사랑가 한 소절

나는 꽃이랍니다
열정으로 다시 피어난 아름다운 꽃
이 세상 그 무엇도 부럽지 않은
황혼에 핀 아름다운 꽃

가슴속 씨앗 한 톨

내 가슴속
작은 씨앗 한 톨
그대라는 이름의 축복

벽속에 갇힌 세월
그대가 깨우쳐준 사랑으로 이제,
스스로 마음의 문을 열었다

그대로 인해
따뜻한 온정으로 인하여
어둠 속에서 움트는 새싹 하나

연민의 독에서 깨어나
의지로 피워낸 꽃망울
그대 앞에서 화사하게 웃고 있답니다

梔子花 (치자꽃)

오월,
다시 돌아온 만화의 계절
화사하게 피어난 꽃들의 향연
유독 돋보이는 꽃 한송이
새하얀 꼬깔모자
순백의 눈부신 나신
님 닮은 예쁜 치자꽃

바람결에 율동
살풀이 춤사위 한판
주체할수 없는 달콤한 향기
오롯이 빠져드는 유혹
사랑에 빠져버린 꽃나비 영혼되어
해 지는 줄 모르고
오래도록 노닐다 돌아선 어둠
밤새 보채는 욕정
헤어날수 없는 환락에 머물러
희뿌연 여명의 새날이 밝더구나
비몽사몽 다시 찾은 그자리
저하늘 떠난 내님 처럼
이미 지고없는 꽃송이
쓴웃음 지우며 허망함에 돌아선 발길

못난이 호박꽃

널따란 초원
발 뻗을 자리 찾아
이리저리 내미는 손길에
진초록 잎새마다 움켜쥔 햇살

노랑꽃 화사한 순정
못난이 꽃이라 놀려대는 수난에
아랑곳하지 않고 그래도 좋다네요
애기 호박 무등타고 신나는 하늘 여행

배회하다 지친 잠자리
영혼들 쉬어가는 아량 넓은 휴식처
꽃술 마다 넘쳐나는 분가루
무한정 베푸는 인심에 복 터진 호박벌

샛노랑 분칠하고
훈풍에 춤추는 호박꽃
청순한 그 모습
순수한 마음 지닌 아리따운 여인네 같아

능소화 꽃으로 환생한 사연

황홀했던 지난밤
짧았던 행복
진정 꿈이었나 보다

정 주고 가신 님
기별 없는 긴 세월
남겨진 그리움 지울 수 없는 그림자

야속한 정인
그대 언약은 어이해야 할까
시름에 패여만가는 상처

무심한 세월에 흘러가버린 청춘
정안수 드리운 애타는 마음
무심한 세월에 저승길 홀로이 떠난 여인
이루지 못한 사랑
가슴에 한이 되어 후생에 이어질까
님 오실 길목에서 능소화로 곱게도 피었구나

양귀비

고개를 치켜든 모양새
도도함의 극치를 보는듯
바람에 일렁이는 고혹의 미소
부러움 자아내는 아름다운 춤사위
뭇 사람들의 시선 머물러

세상사 이치
세월의 무상함
비바람에 찢긴 가슴
처절한 울부짖음에 서러움 토 해본들
계절의 순환 비켜갈 수 없으니

어쩌랴,
이세상 피고지는 필연적 운명
언젠가는 떠나야만 하는 애절함
비명에 스러져 간 여인
양귀비를 꼭 빼어 닮았구나

비개인 어느 봄날

비개인 아침
화창함이 가슴에 스며들어
내면에 솟구치는 감성

따스한 햇살 한자락
촉촉히 젖은 나뭇가지 보듬어
초록 틔워낸 정성

웃음 띄운 꽃망울
감사의 인사
바람결에 고운 율동

결초보은의 화답
속살 드러낸 속삭임
함께 어우르는 대자연의 축복

꽃뜰에

나만의 비밀
봉투 속 앙증맞은 꽃씨
텃밭에 숨겨두었지

행여,
까치 놈 비둘기 훔쳐갈까 조바심에
꼭꼭 숨겨두었지

한밤중 찾아온 봄비
알아낸 텃밭의 비밀
하늘이 보고있어 들켰나봐

새록새록 피어난 초록
세워둔 허수아비 덕분에
화사한 햇살 보듬고 생긋 웃는다

百日紅(백일홍)

붉은 빛깔 수놓은 꽃나래
활짝 펼친채
아리따운 무용수 군무를 추듯
빙글빙글 부채춤
환상적 화단 위 야외 콘스트

여름내내 빠져드는 유혹
꿈속에 깔아놓은 비단금침
여인네 분내음 풍겨오는 착각속의 동침

아침 이슬 머금은 미소
언제그랬냐는듯
햇살 아래 수줍은 새침떼기

해맑은 새색시 처럼
앞치마 두른 고운자태
백일홍 각시 맞이한 시간
백일이면 너무짧아 아쉬움만 남아

목련화 새아씨

긴 겨울 기다림
노심초사 조급한 마음일까
에이는 찬바람도 아랑곳없어

숙명적 인연
서러움 승화시킨 장엄한 열정
유두 닮은 뽀얀 꽃 몽우리 틔워내

매끈한 미색 비단
한겹 두 겹 덧대어 만든 드레스
곱게도 단장한 새색시처럼
사뿐사뿐 바람에 일렁이는 고고함

홀로이,
침실 앞에 선 신부 처럼
한 풀 한 풀 속곳까지 벗어내린 裸身(나신)
님 없는 애닯픈 초야
잎새도 보지 못한 짧은 행복
그렇게 스러져 간 목련 새아씨

접시꽃 필 때면

팔등신
늘씬한 몸매
야릇한 미소까지

매혹의 여인 보고 있는 듯
한 번쯤 품어 보고픈 용트림

해지고 어두운 밤
미련 두고 잠 못 들어
다시 찾는다

달빛에 비친 모습
실연한 듯
창가에 기대어 선 우울한 여인처럼
낮에 본 모습
그와는 사뭇 다르다
위로를 해야 할지
욕정 어린 유혹을 해야 할지
지금 이 순간
망설이고 있다
나는…

능수버들

파릇파릇 옛 영화
사라진 푸르름 악몽으로 이어져
긴 겨울 내내 말라비틀어진 줄기
비바람에 꺾일 듯 애처롭구나
거무튀튀 퇴색한 모습
오가다 보면 죽었나보다 했지
애석하다 못해 측은함까지

우수 경칩 지나
어디선가 불어온 따스한 훈풍
좀 더 가까이 다가온 햇살
마술 같은 신기함
팝콘 터지듯이
몽글몽글 돋아나는 초록
부활의 작은 끄나풀
바람탄 버들가지
듬성듬성 희망을 매어단 그네타기
물오른 버들가지마다
봄비에 머금은 생기
죽은줄만 알았던 메마른 줄기
새봄을 향한 초록 한아름
늘어진 수양버들 싱그러운 춤바람

봄비에 젖은 가슴

날마다 우울한 소식
하늘도 슬픈가보다
소리 없이 내리는 삼월의 春雨(춘우)

막 깨어난 잎새 위로
한 방울 두 방울
또르르 또르르 굴러내리는 빗방울

이른 봄 일찍도 피어난 꽃망울
차가운 듯 움츠린 모습
애처롭구나

시린 마음 들쑤셔
아픔으로 다가와 가슴 저미는 애절함
너는 빗물에 울고.. 나는 이별에 울고..
창가에 기댄 채
하염없이 바라보고 있다
봄비에 젖어드는 삼월 어느 날

홍매화 연정

차디찬 긴 겨울 터널 지나
봄으로 향하는 길목
한 줌 햇살에 졸고 있던 홍매화

春雨(춘우) 소식에 화들짝 놀라
화색으로 반기는 나목
생기로 가득한 모습

기나긴 목마름
단비에 흠뻑 젖어
긴 잠에서 깨어난 희망찬 기지개

생가지 끝자락
터질 듯 꽃망울 부풀어 올라
보는 이 가슴에 피어나는 春情(춘정)

봄이라는 웃음꽃

살을 에이는 한기
가지에 얼어붙은 상고대

인내로 버텨온 의지
가슴에 심어둔 희망 한 자락에
새봄의 기약

지난 가을 떠나보낸 잎새
뿌리 위 포근한 담요 삼아
따스한 햇살 그리워하는 마음

아지랑이 훈풍 불어와
마른 가지 초록 눈 뜨는 여정
가지 끝에 초롱초롱 새순 희망의 날갯짓
끈질긴 생명의 기지개
가만히 들어보면
귓가에 간지러운 속삭임
나무 둥치 타고 오르는 물소리
줄기찬 생명력
지난겨울 슬픔도 잊은 채
가지 끝에 피어난 함박 웃음꽃

꽃보다 아름다운 꽃의 내면..

긴 겨울
모진 고초 이겨낸 의지
끈질긴 생명의 태동

오랜 기다림의 미학
초록에서 한송이 꽃을 피우기까지의 고난
곱디 고운 모습으로 피어나
씨앗 한톨 남긴 채 지고야 만다

아무런 욕심도 없어
질투도 화낼 줄도 모르고서
뿌리 깊은 곳
오랜 시간 공들여 만든 향기
그 모든 것 다 내어주고 떠나간다

후년에 꽃 피워낼 기억
그 하나만 기억한 채
한해의 고운 생을 마감한다

영원히 시들지 않는 꽃

붉은 꽃
제아무리 아름답다 해도
화무는 십일홍이라
우리 님에 비할까

빛나는 보석처럼
달콤한 벌꿀처럼
향긋한 내음 순수한 그 모습
살며시 다가와 자리 잡은 둥지

보고 또 쳐다봐도
시들지 않는 꽃
영혼으로 피어난 아름다움
내가 살아가야하는 존재의 이유

나 죽어서도 안고가야 할 추억
언제든 풀어볼 수 있도록 가까이 두고서
부서지지 않게 곱게 곱게 포장 해 두리라

청초한 꽃망울 닮은 그대
내면에 잠재한 당신이란 꽃
영원히 지지 않는 태양처럼
가슴속 환희로 날마다 찬란하게 피어나

초록의 꿈

겨우내
하얀 눈 머리에 이고서
따스한 햇살
태동의 기다림

모질고 끈질긴 생명
뿌리에 의존한 푸르름의 기억

산 넘어 날아온 훈풍 한 자락
긴 겨울 서러움 눈녹듯 사라지고
파릇한 새싹 틔워낸 의지

새봄에 향연
산새들의 축가
들판에 울려퍼지는 봄날의 세레나데

설국의 아침

초저녁 잠자리
흔들리는 들창 문소리 쉬 잠들 수 없어
바람 스치고 지난 자리
밤새 동장군 등살에 어찌살까

문풍지 사이 스며든 한기
아랫목 파고들어 덮어쓴 이불
어찌 잠 들었는지도 몰라

시장끼에 부스스 눈을 떠고 보니
이미 해는 중천이요
열어젖힌 미닫이문 사이로 펼쳐진 광경

하얀 눈 소복소복
온 세상 덮어버린 설국
아침햇살 설원에 부딪쳐 눈부신 광채
폭설 뒤 따라 온다던 새봄의 태동
눈 속에 피어난 초록
새록새록 숨소리 들리는 듯

겨울 戀歌(연가)

삼복더위 여름날
그리워지는 것 하나
함박눈 소리없이 내리는 날
겹겹이 쌓인 눈밭을 걸으며 빠져드는 사색

북풍한설에 움추려 든 육신
또다시 여름날 평상에서 막걸리 한잔 생각
요사스러운 것이 인간의 마음

새봄 가까이서 바라본 겨울
지나가면 또 그리워질 것이 분명하니
언제 그랬냐는 듯
겨울에 연연한 아쉬움

눈 속에 피어난 초록
반가움과 애처로움의 갈등
그 이면에 가슴 패이는 처연함

계절의 순환
반복되는 사계의 신비로움
부르다 접어둔 서정시 한 곡조
설원 위로 울려 퍼진다

은구슬

자욱한 안갯속
밤새 내린 이슬
잎새 위에 보석으로 치장한 은구슬

삶의 무게 이기지 못한 듯
널따란 토란잎
작은 바람결에 율동
오색 무지개 빛깔 담아
또르르
굴러 내리는 모양새

커다란 눈망울
껌벅껌벅
야단맞은 소녀의 눈물 닮은 듯
뚝뚝 흘러내려
커피한잔의 오붓한 시간
창가에서 우두커니 서서
하염없이 보고있다

還生花(환생화)

살아생전 긴 여정
고생을 업으로 여기시고 살아내신 길
등 허리 다 굽어지도록
그렇게,
자식 위해 살다 가신 어머니

봉분 위
뾰족이 고개 내민 할미꽃
그리도 어머니를 꼭 빼어 닮았네

무릎 꿇은 자식
포근한 미소로 다독이며
아무 말 없으시다

어머니,
이제라도
허리 쭉 피시고 사시옵소서

몇 번이고 돌아서 바라다보는 꽃
분명 어머니의 환생 일게다

살아 실제 못다 한 효도
산소 찾아 눈물짓는들
그 무슨 소용일까..

도자기에 그려진 영혼의 꽃

선을 타고 흐르는 빛깔
눈으로 어루만지는 무늬
너무도 곱고 아름다워
팔등신 여인네 앞에 선 것처럼
감히 범접할 수 없는 앞도 된 감상

상큼한 꽃향기
그림 속에 묻어나고
꽃망울 터질듯 부풀어 올라
화폭 속에 무릉도원

어둠 속,
천년의 세월 견뎌낸 모습
흐트러짐 없는 고고함
도공의 혼이 되살아난 듯
행여,
다시 못볼까 아쉬움에
말없이 서성이며 빠져드는 유혹
자리에서 떠날 수 없다

꿈속에 들길 걷다보면

널따란 들판
풀내음 코끝을 스치는 싱그러움
긴 겨울 이겨낸 보리
솜털 보송보송 이삭이 패고 있다

띄엄띄엄
생기 가득한 냉이
아옹다옹 키 자랑에
새싹 틔워낸 달래
푸른 이파리 치켜 새운 채
북풍한설 이겨낸 서로의 안부

태동의 기지개
가슴 설레게 하는 새봄의 세레나데

아지랑이 춤추는 언덕
들꽃 피어나는 오솔길 걷노라면
가슴속 밀려드는 대자연의 파노라마
괜스레 들뜬 가슴
휘파람 소리 절로 나와

설원에 핀 동백

추운 겨울날
바들바들 떨어 가며
오직,
한송이 꽃을 피우기 위한 열정
처마 밑에 웅크리고 앉은 모습
애처롭기 짝이없다

그까짓 사랑때문에
가슴 아파한 미련 때문에
그리도 서러웠더냐

꽃망울 터뜨린 모습
흡사 삐친 아낙네 돌아앉은 듯
뾰로통한 붉은 입술

금세 요염한 모양새로 돌변한 동백
그리도 도도한 채
다가올 듯 말 듯 웬 새침이었더냐
밤새 안녕이라더니
미인 박명이라더니
새벽 눈보라 피하지 못한 낙화의 애절함

雪氷(설빙) 위
선혈 낭자한 死花(사화)
죽어서도 흐트러지지 않는 옷맵시
신이 내린 저주
과연 천상의 꽃이라 부르리다

春蘭(춘란)

아침햇살 스며든 창가
살며시 피어난 꽃망울
설렘 속에 계절을 잊었나 보다

긴 겨울 사무친 봄소식에
남몰래 품은 개화의 꿈
기다리다 기다리다 지쳤나 보다

내면 깊숙이 묻어둔 연심
곱게 새겨둔 새봄의 기다림에
잎새에 스며든 새날의 축복

수줍은 듯 미소 지운채
꽃대 위로 치켜든 요정 같은 모습
난향 그윽한 거실의 조용한 아침

넝쿨들의 향연

담장 타고 오른 넝쿨
애무하듯
감고 또 감아 돌아
서로를 탐닉하며 그렇게 살아가

새순 하나 피어나
곧쳐세운 홀로서기
힘에 겨운듯
금세 찾은 새짝
기대어 의지한 채
살아가는 새내기들의 향연

부러움에 바라본 넝쿨 사랑
내 젊은 시절 보는 듯
한때는 나도 그랬지

허공에 맴도는 하소연

저멀리 달아난 길고 긴 겨울
남촌에서 날아온 훈풍 한자락
아지랑이 야실거리는 들판
초록들 깨어나는 생명체의 용솟음

계절의 순환점에서
모두다 예전의 제자리 돌아오것만
온다던 님 소식
무심한 세월 타고 맴돌아

청아한 하늘
님 닮은 뭉개구름 한점
내가 만약 바람 이라면
먼 길 돌아서 갈수나 있으련만

님이여
목련화 지기전에
철쭉이 피기전에
나를 홀로이 두지는 마옵소서..

꽃들의 향연

자연의 조화로움
계절마다 순차적으로 피어나는 꽃
제각기 피고 지는 세상사 이치
아름다운 사랑으로 다가오는 행복
꽃말이 다르듯
저마다의 독특한 멋스러움
이 세상 최고의 선물
눈 속에 화사한 홍매화
그리움으로 피어난 상사화
전설로 피어나는 연꽃
나를 잊지말라는 물망초
이 모두가
잔인한 겨울나기를 이겨낸 승리의 함성
세월의 흔적 잎새에 담아내
화려하게 피워낸 꽃들의 향연

바늘꽃

가녀린 줄기 끝에
고이 벙근 잎새 하나
하얀 꿈 피워낸 아름다운 꽃망울

곳쳐세운 꽃수술
독 오른 가시처럼 앙칼진 모습
범접할 수 없는 냉랭한 기운

임 향한 가상한 용기
사랑 앞에서 홀연히 지켜낸 절개
황진이 옷매무새 기품 같아라..

연꽃으로 환생한 그리움

평생을 함께 하자던 언약식
어여쁜 드레스에 너울 속 그 모습
야속하게도 지금은 볼 수가 없어
그대 떠난 빈자리
환영 속에 머물던 그날
우물가 한 켠
아침 햇살에 피어난 꽃봉우리
활짝 펼친 연꽃 한송이
코끝을 스치는 향기
그대 살 내음 같아
정겹게 느껴지는것은 왜일까
주체할수 없는 달콤한 유혹
그 자리에 서성이는 못난이 돌부처
그대 빛나는 눈망울
꽃 속에 투영된 그림자
그 꽃으로 환생한 그리움
화사한 미소로 내곁에서 머물러..

여름날의 유혹

아침 햇살
내려앉은 자귀나무
자주색 옷고름 입에 물고
간밤에 감춰진 비밀
부끄러운 듯 내숭
요염한 여인네 부채춤추듯
환상적으로 휘감은 춤사위

해 질 녘
언제 그랬냐는 듯
화사했던 저고리 접어든 채
한밤을 불태울 사랑방에 들 각시처럼
어둠 속에 사라져 간 고운 자태
내일이면 또다시 피어나
불여우 같은 꼬리 살랑살랑 흔들겠지

목련화

들창문 두드리는 삭풍
댓돌 위 걸터앉은 햇살
따스한 흔적 길고 긴 몽상
겨울은 저만치 갔나 보다 했다

분명,
엇 그제 봉긋한 촉 터짐이었는데
졸다만 눈까풀
눈에 들어온 미색의 花顔(화안) 목련화

잠시,
겨울이와 실랑이했을 뿐인데
왜 지켜보지 않았냐고 원망이라도 하듯
하얀 나래 활짝 펴고 바람결에 율동이다
반갑다 목련아

지난 봄
잎새 하나, 둘, 질 때
슬픈 너의 사연
새봄에 다시 오마 한 언약
올해도 어여쁜 네 모습 보고서
너의 서러움 질 때
나는 진정
돌아보지 않으련다.

봄날의 세레나데

밤새 내린 봄비
새순 돋아난 싱그러움
앞동산 아지랑이 꼼지락꼼지락
댓돌 위에 걸터앉은 햇살
꾸벅꾸벅 오침에 드는 사월

열어젖힌 꽃몽우리
사랑에 목마른 여인처럼
터질 듯 부풀어 올라
여물어가는 봄날의 짧은 여정
나를 물들이고 싶은 유혹의 계절

그곳에 살고 싶다

끊어질 듯 이어진 오솔길
치렁치렁 늘어진 개울가 버들가지
한발 내딛으면 드넓은 초원

산등성이 아담한 초가삼간
지붕 위 졸고 있는 햇살
조롱박 듬성듬성

그곳에서 민들레 홀씨처럼
너의 심장에 날아들어
하얀 꽃 피우며 그렇게 살고싶다

水菊花(수국화)

고운 꿈 펼쳐
잎새에 담아낸 열정
화사하게 단장한 새색시처럼
새봄에 살며시 다가온 여신

임 오시는 길목
발자국 소리 더듬어
소담스레 피어난 연심
두근거리는 가슴에 홍조띤 수줍음

春雨(춘우)

창밖에 부슬부슬
뿌연 운무속에 비오는 거리
유리에 부딪치는 서정의 속삭임

가슴은 두근두근
알 수 없는 유혹 뿌리칠 수 없어
옷 젖는 줄 모르고 하염없이 걷는 길

긴겨울 북풍한설에 떨었던 서러움
나뭇가지 캐캐묵은 먼지
한 풀 한 풀 씻어내
초록 희망을 갈아 입힌다

오랜 기다림
새봄의 세레나데
빗속을 타고 흐른다

내 눈에 아름다운 세상

밤하늘
달이 아름다운 것은
나의 꿈을 심어놓아
날마다 조금씩 꿈이 피어나기 때문이요

밤하늘
별이 아름다운 것은
나의 고운님
초롱초롱한 눈망울 닮았다 생각하기 때문이다

꽃이 아름다운 것은
내가 사랑한 님의 마음이
날마다 꽃 속에서 피어나
세상을 정화하는 향기를 만들기 때문이요

세상 모든 글 속에

시향이 아름답게 느껴지는 것은

내가 글을 아끼고 사랑해

내면의 영혼을 글로 승화시켜야 하는 바로 그 이유

적어도 내 눈에

세상 아름다운 모든 것

사물에 영혼을 불어넣어

물 주고 가꾸어 사랑이라는 싹을 틔워내기 때문이다.

별이 빛나는 밤에

잠 못 드는 밤

창가로 스며드는 별빛

잠잠한 가슴속에 일어난 요동

호수에 돌 던져 파장 일으키듯

고요한 마음 헤집어 놓은 애수어린 *夜想*(야상)

끝없는 은하수 물결

몸속 혈류 따라 떠도는 감성

도무지 알 수 없는 난해한 우주

베갯머리 파고드는 회한의 이별

통속 된 과거사 헤어날 길 없어

이불 위로 넘나드는 달빛

님처럼 품고서

그냥 이대로

잠들었으면 한없이 좋으련만..

제2부

나만의 詩想을 찾아서

飛上(비상)

하늘을 날자
나래를 활짝펴고
상상의 나라로 가자

모순도
거짓도 없는 그곳
진솔함이 살아 숨쉬는 그곳

치유의 공간으로 가자
배려와 질서, 사계가 순환되는 그곳
존재의 이유가 정의로운 그곳으로 가자

또 하나의 세상
하늘과 산과 강이 만나는 그곳
들 풀 향기 가득한 언덕으로 가자

나즈막한 오두막
행복한 웃음꽃이 피어나는 그곳
이상 속 현실, 현실 속 이상 그곳으로 날아가자

내 마음속 풍차

음악에 취하고
사랑에 취하고
세상살이 어지러워
또 취하고

올곧은 길 왔노라
위안을 안주삼아 친구 삼아
그렇게
한잔 술 독백으로

내가 걸어온 길
내가 걸어가야 할 길

나목의 서러움
동병상련
가슴으로 헤아려
글 향기 내면에 고이 간직한 채

바람 따라 시류 따라
풍차처럼 돌아가는 인생길

상사화 애절한 사연

가슴 한가득
밀려드는 그리움
전생에 못다 이룬 여한
인연의 끈 놓지 못하고서
검붉은 옷고름
칭칭 동여 메고 피어나
오늘도
내일도,
하염없는 기다림
花葉 不 相見(화엽 불 상견)
애처로운 고뇌의 길섶
눈물 마를날 없어라..

바위섬

억겁의 세월
해풍에 부딪치며 견뎌낸 흔적
그림자 밟고 선 외로움

낙조를 안고 서서
바다를 향한 무심한 한탄
파도소리 귓가에 어우르는 애절한 사연

일출의 불덩이 감내하며
삶의 무게 짊어진 고행의 길
깊게 패인 생채기 어루만지는 치유의 길

눈앞에 아른아른
목 빠지게 기다린 해후
그리움 되어 산산이 부서져버린 한
외톨이의 서러움
바윗돌에 새겨진 세월의 흔적
뭍으로 가고파서 몸부림친다

별밤 소나타

한낮 뜨거움에 춤추는 너울
광활한 대지의 무성한 초록들
피아노 선율 따라 자지러지고
노을 지고 난 아쉬움 뒤로
밤하늘에 별들의 속삭임

구름 지나간 자리
뾰족이 고개 내민 달님
잔잔한 미소 담은 너그러운 담소

월광 소나타 귓가에 맴돌아
그 무슨 사연에 잠 못 드는 밤
창가로 스며드는 애상

못내 아쉬움에
한지 한장 펼쳐놓고서
마음 가는데로 가는 데로 붓 가는 데로
달빛 별빛 위안삼아 휘갈긴 시 한 자락에
베갯머리 파고드는 회한의 눈물

악몽에서 깨어나

가는 세월에 퇴색된 언약
삐걱거리는 육신의 고통
고장난 벽시계에 걸린 정지된 추억
햇살 넘나들던 창
먼지 속에 투영된 그리움
빗방울에 아롱진 잔영들
하나 둘 지워져 가는 희망
얼룩진 내면의 속박
헤어날 수 없는 암울한 터널 속 어둠
점점 더 조여오는 절체절명의 압박감
몸부림칠수록 조여 오는 족쇄
서광의 빛은 바람에 날아가버려
더 이상 버틸 수 없는 위기의식
화들짝 놀란 가슴
미친 듯 소리치는 악몽의 끝자락
깨어난 찰나의 순간
가위눌린 의아함의 소용돌이
자문자답,
나는 과연 누구인가..

노을 한 자락의 詩心 (시심)

지는 해 꼬리
갈길 재촉하는 저녁노을에
아량 없는 야속한 여정

가도 가도 끝없는 고행
구비구비 산 넘어 산
나그네 발끝에 떨어진 서러움
깨진 항아리 아픔이 베어나듯 아린 상처

하얗게 부서지는 별빛
가슴에 녹아드는 감성의 싯 구절로
땅바닥에 휘갈긴 시 한 자락
나그네 흔적 위로 살포시 내려앉은 새벽이슬

달빛에 머문 독백
낯 붉힌 어둠 속에 부끄러운 고백
쉴 곳 찾아 헤메이는 방랑의 길 끝에 서서..

삶의 여분을 채워준 책갈피

뭔가 허전했던 생의 공백
잡으려 가까이 다가가면 더 먼 곳으로
도망가버려 이루지 못한 꿈

빨랫줄 같은 세월에
듬성듬성 매달아 놓은 생채기
말려가며 기워가며 추스른 흔적

누더기 되어버린 몸뚱이
후회 막금 파란의 족적
지울 수도 다시 살아낼 수도 없는 인생

기억의 한켠에 서성이는 아린 추억
흩어진 부스러기 긁어모아
한 조각 두 조각 퍼즐 맞추듯
차마 내뱉지 못한 속앓이
이랑에 한 톨의 씨앗 심듯이
못다 한 삶의 아쉬움 담아낸 책갈피

돌담에 기대어

가슴속 메마른 향수
짙은 갈색의 빛바랜 고독
포근히 감 싸도는 남풍 한 자락에
긴 겨울 외투를 벗어던진 화사한 날

오늘 같은 날 되돌려 간 시간 여행
고향집 토담 아래 나란히 기대어 앉은 친구들
도란도란 이야기 꽃
하루해가 짧았지

두고 온 고향집 아련한 기억 들
가만히 눈 감으면 떠오르는 못 잊을 고향 내음
봄기운에 따스한 햇살
가슴 촉촉히 적셔오는 추억

답답한 옷고름 풀어 제치고
한층 넉넉해진 가슴
폐부를 파고드는 산뜻한 공기
움츠림에서 벗어나 한껏 펼친 기지개

긴머리 소녀

강가에 서면 눈에도 선한 모습
새하얀 작은 얼굴
긴 머리 휘날리던 소녀

이루어질 수 없어 못다 한 사랑
바늘 같은 애상으로 다가와
가슴을 찌르듯 아파해야 하는 고뇌

이별을 고한 짧은 싯 구절
곱게 접어둔 사연 하나
소품으로 남은 기억

애욕의 늪에 빠져버렸던 수렁
헤어날 수 없었던 긴 터널
진실을 알 수 없었던 그녀의 속내
영원히 풀지 못한 실타래
피멍이 되어 정체된 자아의 질책
오늘도 그 자리에서 서성이는 그림자

삶의 정체성

갈대의 흔들림 따라 흐트러진 중심
알 수 없는 그 무엇을 찾아
방황의 길 끝에서 흘러가버린 젊은 시절
스쳐가는 바람과 같은지라

오묘한 바람과 구름과 소나기
인생길 굴곡지듯 난해한 수수께끼
반복되는 사계의 순환
그 속에 서있는 자충수

정체된 진행
화살같은 세월
세상사에 휩쓸린 수렁 속 영혼의 혼돈
헤어날 수 없는 삶의 부스러기

오늘도 넋두리 속에 파묻힌 自我(자아)

잔인한 이별

갈기갈기 찢긴 가슴
예고없는 잔인한 이별
송두리째 앗아간 행복에 젖었던 비운의 넋

쓰라린 가슴
주체할 수 없는 서러움
목놓아 불러본들
이미 떠나버린 정

절제된 장막 속의 시간
허상에 서성이는 그림자
매듭지어야 할 인연의 끝자락

환희로 벅찼던 영상들
하나 둘 지워야만 하는 정 깊은 체취
산산히 부서져버린 희망 한 조각
모진 목숨 줄 붙어있는 한
추스르고 다독여 또다시 살아내야 하는 모순
내일을 알 수 없는 인생사
운명의 굴레 인것을..

괴나리봇짐

짧은 하루 해 늬엇늬엇
한나질 잠시 바빴을 뿐인데
하루, 일주일, 한 달 그렇게 가버린 일 년
세월 참 잘도 가는구나

아쉬움 뒤로하고 들어선 텅 빈 집안

예전에 받은 축하 꽃다발
만지면 부서질 듯 언제나 그 자리
세월 지나 색 바랜 지 오래
말라비틀어진 향기
벽체에 붙박이가 돼버린 시간들

속절없이 보낸 허망한 세월
생각한들, 뒤돌아본들 뭐할까 만
야위고 연약한 가슴
추억으로 둘둘 말아 보람으로 한가득 품으리

오는 해 반가움에 뒤돌아서서 보니

가는 해가 서럽구나

가고 옮은 무심한 세상사요

날 닮은 노을빛에 걸어둔 저 세월

괴나리봇짐 들쳐 맨 인생길 긴 여정

추억 묻은 바닷가

노을빛 물든 바닷가
말없이 걷노라면
감성에 젖어든 그대
다소곳한 모습
고요한 호수 닮은 눈망울
까닭 없는 눈물만 뚝뚝

무슨 사연일까
물어도 대답도 없이
모래밭 하염없이 걷고 또 걸어
얕은 바람결에 긴 머리 휘날리던 여인

꼬깃꼬깃 접어둔 편지 한 장
주머니에 찔러넣고 훌쩍 떠나가버린 사람
부모님 따라 먼 나라 이민 간다는 메모

눈물 젖은 듯 번진 희미한 글씨
격한 감정 억누르지 못해 소리쳐 불러본다

세월 지나 행여나 하는 마음
또다시 찾은 바닷가
끝이 보이지 않는 기다림
그대 떠나고 없는 모래밭 서성이는 그리움
안달에 몸부림치며 갈구한 사랑이여

모래밭에 일렁이는 그대의 잔영
영원히 함께 하자던 약속
파도에 산산이 부서져버린 허무함

떠나고 없는 노을에 기대어
그대 허상에 손잡고서
나 여기 서있다

어머니 기일 다가오면

시집살이 고된 여정
그 바쁘신 와중에도 자식 걱정
배 굶주릴까 싶어
고운 젖가슴 내어주시던 어머니

잔칫집 다녀오신 날
한 보따리 싸오신 먹거리
자식들에게 내주신 어머니 고운 정
많이들 먹어라 하시며 배부르다 손사래

어머니 소천하신 날
하늘도 슬픈 기색에 하염없이 비가 내렸지
한 달 내내 과거의 기억 더듬어
어머니의 흔적 찾아 헤메인다

어머니 돌아가신 기일 다가오면
빈 허공에 소리친다
보고 싶다고..
사랑한다고..

거울 앞에 독백

다락방 한켠
먼지 뒤집어 쓴 채 세워진 거울
궁금증에 꺼내어 바라본 당신 모습

허허 참,
세월이 만든 바람결에 변해버린 당신
낯선 초로의 늙은이가 날보고 웃더이다

오랜 세월
바쁜 세상사 핑계로 잃어버린 自我(자아)
지금에 와서 보니 참으로 가관이구먼 그래

긁히고 찢기고 덕지덕지 기운 생채기
어찌 이리도 변했을까
열정도 용기도 사라진 초췌한 모습

고독에 일그러진 과거
침묵으로 보낸 가슴앓이
그리움 가슴에 묻어둔 야속함이

그랬나 보다
나를 잊고 살아온 세월
날 저문 황혼녘에 기대어 선 회한

이 사람아
이 사람아..
어찌 그리 당신에게 그리도 무심했던가..

가슴속에 흐르는 강

주체할 수 없는 서러움
봇물 터지듯 쏟아지는 눈물
술잔에 흘러내려 아롱진 모습

얽히고설킨 인연의 굴레
영원함이야 있겠냐만
그리도 가까이 다가온 이별
돌아서 가버린 야속한 사람

어찌할까
모두가 부질없는 짓
부덕함에서 온 인과응보인 것을

애써 기억해 낸 얼굴
환영으로 얼룩진 모자이크처럼
점점 지워져 가는 미소

그래도
잊으래야 잊을 수 없는 당신
내 가슴속에 흐르는 강이 되어
오늘도 내일도,
끊임없이 흐르리라

그리움에 피는 꽃

사계의 순리
거역할 수 없듯이
한송이 꽃을 피우기 위한 몸부림
긴 겨울 한 해를 보내야만 피어나는 꽃

그렇게 피어나
기어이 져야만 하는 애절한 사연
화려한 시절 곱게 접어둔 잔영
어쩌면 기다림이란
새로운 생을 영위하기 위한 연속인 듯

그대 머물다 떠난 자리
그리움이란 그늘에 숨어
생의 한 부분을 할애한 사람
해후의 그날 가슴속에 묻어둔 기약

내가 살아있기에
헤어짐이 있었기에
아픔이 잉태한 추억이 있었기에
가슴에 그리움이란 한 송이 꽃을 피우기까지
애상에 젖어 살아야만 한다 해도
기다림이 있었기에 숨가쁜 하루하루를 살아내는 것

이별이 없는 그리움이란 이 세상에 없나 보다..

歡喜의 讚歌(환희의 찬가)

나는 당신으로 인해 다시 태어나고
나는 당신으로 인해 조금씩 성숙해지고
그 속에서 피어난 아름다운 천상의 꽃
향기로 가득 채운 삶의 여정
희열로 가득한 신비로움

어둠 내려 깔린자리
소망의 밝은 빛으로 다가와
썰렁한 빈 가슴 채워준 화롯불같이 따뜻한 사랑
그대 앞에 서면 왠지 모르게 떨리는 가슴
그대 품속에서 자라나는 희망의 새싹

내 안에 튼 둥지 따스한 보금자리
날마다 살아 숨 쉬는 생동감으로
보듬고 다독이며 그렇게 느껴가며
세파의 질책으로 내몰림 당할지라도
한 세상 원 없이 살아가리라

그대 품 안에서 환희의 찬가 노래하리라

활짝 핀 書花(서화)

오직 한 길
글쟁이의 길을 가련다
때로는 어려움에 부딪치고 힘들어할지라도
결코 포기하거나 주저앉지 않으리라

내 생의 마지막 임무
그것이 설사 가시밭길 일지라도
나 하나 희생으로 반석에 올려놓으리라
문학계 하나의 별로 자리매김하리라

희망의 날갯짓
열정의 불꽃으로 맺어진 열매
본지 등단 시인에게 한 아름 꽃을 안겨드리리라

명줄 다 하는 날까지
마지막 남은 열정 소진될 때까지
최선의 노력을 다 할 것이다
때가 되면,
후회 없는 삶을 살았노라 단언하리라

비록, 한 줌 흙이 될지라도
나 떠나가고 없을지라도
내 지나온 족적 따라
그 흔적 글밭에 영원무궁할 것이다.

자연에 귀 기울이다 보면

산속 깊은 곳
바윗돌 좌정하여 젖어든 默想(묵상)

풀벌레 우는 소리
버들가지 물오르는 소리
산새들 우지지는 사랑가 밀어 까지
마음속 氣(기)로 스며드는 자연의 고귀함이

침묵 속에서 얻은 시상
내 안에 가시 되어
날마다 가슴속 헤집어 떠날 줄 몰라
이리저리 기워 쓴 시 한자락

떡하니 자리잡은 시집 표지 글
초로의 길목
뗄레야 뗄 수 없는 나의 동반자

애증 그 길고 긴 터널

사랑이 떠나간 자리
말없이 두고 간 그리움이란 그림자
캄캄한 터널 같은 허망함

한송이 들꽃으로 피어난 愛憎(애증)
잊혀지지 않는 또렷한 기억
날마다 그 자리에 들려 바라만 보고 있다

님 떠나가던 날
개울 돌다리 가던 길 멈추고서
할 말 있는 듯
뒤돌아 서서 무언의 손짓
왜 그러셨나요
가시던 발걸음 그리도 무거우셨나요

그냥 가실 것이지
울며불며 붙들기라도 해 주길 기다렸나요
차라리 매정하게 떠나갈것이지
왜,
미련의 그림자는 두고 가셨나요
원망이 되어버린 미움
지울 수 없는 그리움 하나..

정안수

종갓집 며느리
정지간 드나들며 대식구 챙기신 밥상
들 일에 집안일에 손에 물마를 날 없어
피눈물로 살아내신 나의 어머니
아낙의 모진 삶
거스를수 없는 시대적인 그늘
가슴속에 묻어두신 아린 상처

소원문 걸어둔 뒷마당 대추나무
달덩이 내려앉은 샘가에 떠놓은 정안수
하얀 소복에 두손모아 올린 천지신명 새벽 기도
딸 먼저 낳았다 모진 구박
시린 마음 달래가며 올린 백일기도
대문 위 가로 걸린 새끼줄
꺼먹 숯에 빨간 고추 걸린 날

무술년 팔월 스무 엿새
우렁찬 아기 울음
안도의 긴 한숨소리
대를 이은 선비 집
글로서 서로가 빛 날 거라고
글월 文, 서로 相, 빛날 熙
이름 지어주신 할아버지 傳言(전언)

초로의 황혼길
글쟁이로 살아가는 인생사
각인된 기억 속에 세월 한 조각
평생 귓가에 맴돌아

고향 길 언덕에 서면

오일장 새벽
부푼 마음에 설친 밤잠
비췻빛 물 길 따라 시오리 작은 오솔길
설레임에 발길도 가벼워

들녘에 거둬들인 곡식
바소쿠리 한가득 내다 팔아
털장갑 목도리 겨울채비에
돌아오는 길 지겟다리 자반고등어 춤을 춘다

해 질 녘
노을빛에 바람마저 고요한 언덕
눈에 들어온 예닐곱 작은 마을

동네 어귀 담벼락

샛노랑 은행 잎

은은한 고풍 자아내고

뒷담 가녀린 가지 끝에 홍시

풍요를 뒤로하고 나락으로 떨어질 듯 위태롭다

반가운 초가삼간

굴뚝 위로 피어오른 연기

꾸역꾸역 구름 되어 산을 넘는다

누렁이 반겨주는 외양간

쇠죽 담긴 가마솥

모락모락 구수한 향기에 느껴진 시장끼

오랜만에 상에 오른 고등어조림

온 가족 밥상머리 즐거운 시간

芝蘭之交(지란지교)

재물이 많다한들
권력이 있다한들
취할 수 없는 것이 있다면
오직 하나,
그것이 바로 고귀한 사랑 아닐까

고고한 달빛처럼
은은한 꽃향기처럼
곱고 청순한 마음 담은 사모의 연심

보듬고 다독이며
서로를 아끼고 존중하는 마음
가슴 깊은 곳 갈망으로 가득한 희열
지초와 난초 같은 고결한 사랑

소설 같은 이야기 한 구절..

글밭에 머무는 삶의 여정

내면에 잠든 영혼
일깨운 영감
온몸으로 내려받은 여명의 천기
한계를 넘어선 창작 의지

사물에 새 생명 불어넣어
감성으로 버무린 단어
그렇게 열정으로 마무리 한 시 한 자락

만인의 공유 나름의 원칙
다녀간 흔적 하나에 뿌듯한 희열
품앗이 댓글 답글에 오가는 문우의 정
글 카페 조회 수 환희의 순간들

이리 기웃 저리 기웃
오늘도 글밭에 서성이는 탐독 열기
시향에 빠져드는 유혹 진정 뿌리칠 수 없다

삶의 한 부분이 된 글밭
생의 소중한 동기부여
내가 살아가야 하는 존재의 이유다

나의 분신 그림자

내가 아닌 또 다른 나
떼려야 뗄 수 없는 동행
나 살아 움직이는 한 분신의 역할

태양빛 앞에 서면
수줍은 듯 뒤돌아 숨바꼭질

어둠 속에서의 너
보이지 않는 수호신으로
달님 뾰족히 고개 내 밀면 금세 따라붙었지

앉으면 함께 앉고
내가서면 따라서 일어나는 너
친구같은 동반자

침실에 누워 잠들면
그제야 너의 소임도 끝난 듯
일거수일투족 살가운 동행
나의 그림자

나 죽어 명줄 다한 날
하늘길에도 함께 할 수 있으려나..

無念 無想(무념 무상)

뜬구름 쫓아간들 그무슨 소용일까
부귀도 큰재물도 떠날땐 빈손인걸
꽃나비 유혹에도 모두가 일장춘몽
자욱한 안개속에 나서는 새벽길손

산사의 풍경소리 청하함 일깨우고
속세의 인연따라 얽히고 섥히고서
세상사 호사다마 이겨낸 고진감래
덧없는 세월속에 마음을 다잡고서

고단한 긴여정에 바윗돌 쉼터에서
지필묵 풀어놓고 시한수 써노라니
순간의 무념무상 해탈의 경지로다

늪 속에 빠져버린 詩想(시상)

불현듯 스치는 영감
머릿속에 축적된 단어
주섬주섬 모아 쓴
창작의 피조물 서정시 한편

현란한 밤하늘 수놓은 별처럼
滿月(만월)의 고고함처럼
고운 영혼이 되고파서

글 속에 풍요로움
아름다운 사랑
이별의 아픈 비애까지
손에 잡히지 않는 상상의 형태
그 모두를 쓸어 담은 글귀

장고의 시름 끝에 다가온 시상
그 하나를 위한 몰입

용광로 같은 열정 모두 태워버리고

뒤돌아보니

어느새,

초로의 황혼 길목에서

새파란 이내청춘 어디로 갔다더냐

햇살 같이 따스했던 어머니의 등

꽃망울 닮은 젖꼭지
보챌 때마다 내어주시던 어머니
먹거리 귀했던 그 시절
다섯돌까지 젖 먹여 키우셨지

고우신 얼굴 주름살 가득
하얀 서릿발 머리에 이고서
자식 잘돼라 회초리 매질에
돌아 앉아 눈물 훔치시던 그리운 어머니

오일장 나들이
무거운 봇짐 머리에 이고
어린 자식 힘들까 등에 엎고서
힘든 내색도 없었던 우리 어머니

군불 지핀 아랫묵 처럼
따스했던 어머니 등에 잠들었던 철부지

철들자 이별이라더니
효도 한번 못해본 불효자식 두고서
봄비 내리던 어느 날
그렇게,
저 먼 곳으로 소천하신 어머니
어찌 편히 눈 감으셨을까

새봄이면
더욱 그리워지는 어머니 사랑
스멀스멀 잊혀져 가려하는 희뿌연 기억
가슴 저미는 생각에
옷깃 적시는 회한의 눈물

마지막 소망

내게 만약,
죽음 앞에서
기도할 시간이 주어진다면
인연의 끝자락까지 사랑했노라 말하리라

아니,
꿈속에서 그대와 함께
영생을 노래하리라
당신의 모든 것
그대 숨소리까지 사랑했노라
감히 말하리라

움직일 기력이 남아있다면
지필묵 챙겨 들고
그대를 향한 그리움 담아서
시 한수 지어 드리고 떠나리다
마지막 날까지 나는,

그대를 그리다 죽을 겁니다

죽어서도 영혼을 끌어안고서

그대를 사랑할 것입니다

內生(내생)의 세상이 존재한다면

작은 오두막 하나 지어놓고

꽃씨 뿌려 가꾸어

萬花(만화)의 정원 만들어 놓고서

그대 맞이할 부푼 꿈에 젖어

날마다 마중길에서 기다리겠소

명절이면 더욱 그리운 고향

황량한 들판
나를 네리고 먼길 떠난 바람
천리 타향 낯선 곳에 내동댕이쳐
모진 풍파 헤쳐가며 떠돌게 했지

때로는,
희망 가득한 동아줄에 매달리고
때로는,
진흙탕에 빠져 허우적거리며
이 육신 머무를 옥토 찾아
그렇게 보낸 세월

해는 서산에 걸터앉아
서둘러 가자 아우성이니
세상사 지쳐버린 몸뚱이
쉬엄쉬엄 가세나
무어 그리도 바쁘게 있는가
설날 고향에 들려 떡국은 좀 먹고 가야지

물끄러미
향리쪽 하늘만 바라보니
동심 어린 친구들 눈앞에 아른아른
앞서거니 뒤서거니
황혼길 언덕에 서서 중얼중얼
이심전심 정겨운 고향 예기

과거지사 돌아다볼 것 뭐 있겠냐만
명절이면 더욱 그리워지는 고향

한줌 재가 되어

바람에 어우러진 구름
정처 없이 떠돌듯
굴곡진 세상사

고난의 길목
무거운 업보 짊어진 삶의 무게
고행의 길 떠난 기나긴 여정

용광로 불꽃처럼 타 오르던 용기
젊은 날의 겁 없던 패기
어디로 사라지고
초로의 초췌한 모습으로 여기 서있다

주어진 복대로 사는 게 세상사 순리
살아낸 족적 따라 부메랑 같은 인과응보
떠도는 바람 따라 먼길 돌고 돌아
피폐한 육신
한 줌 싸늘한 재가되어
자연으로 되돌아가는 필연적 운명

애증의 강가에서

강가를 서성이며
못 잊어 애태우는 밤
가슴속에 밀려드는 그리움

물 위에 비친 달
바람 불어와
이지러진 모습
나를 보는듯

건널 수 없는 강
이미 건너버린 사랑
애증으로 변해버린 정

식어버린 화롯불
냉기 가득한 썰렁함처럼
가슴속에 지울 수 없는 그림자로 남아

지고 난 꽃대에 부는 바람

나는 분명,
여기에 서 있었건만
이미 저만큼 가버린 세월
이리저리 휘청거리며 바람 따라 가버린 청춘

지고 난 가냘픈 꽃대 위로
함박눈 뒤집어 쓴 것처럼
머리 위에도 하얗게 내려앉은 서릿발

태풍 불어와도
비바람 몰아쳐도
끄떡 안 하던 젊은 날의 패기
어디론가 사라진 악몽

스스로 다독이고 추슬러 본들
말라비틀어져진 수수깡처럼
초로의 길목에 서서
동지섣달 북풍한설
이제는 힘들고 두렵기만 하다.

다시 태어난다면

나 죽고 난 뒤
저승사자와 환생을 논한다면
거침없이 말하리라

시끄러운 세상 벗어나
무인도 바위틈
이름 없는 한 송이 들꽃이 되고 싶다고

철석이는 파도소리
귓가에 두고
포근한 햇살 한 줌에 오침

사시사철 가까운 벗
갈매기 날아드는 꿈꾸며
고독이란 멍에를 짊어지고 살까 하네

전생에 지은 죄
뉘우침으로
업보를 뒤집어 쓴 참회의 시간들로

그 무엇에도 구애받지 않는 자유
한번쯤 누려보고 싶다
마음껏 묵상에 젖어들고 싶다

그곳에 가면

비췻빛 물 길 따라
끊어질 듯 이이진 시오리
작은 오솔길
어릴적
나의 영혼이 뛰어놀던 곳

파란 찔레순 따먹고
버들가지 치렁치렁한 개울가
족대질 함께하던 정겨운 친구들

하굣길 반가운 나의 집
초가집 이엉 얼기설기
새끼줄 타고 오른 푸른 박 넝쿨
한낮 햇살에 졸고 있던 하얀 박꽃
잊은 듯 잊혀진 듯
까마득한 풍경

반백의 서릿발

머리에 가득이고 찾은 고향 땅

여기저기 동심의 흔적

더듬은 기억

그리도 커 보였던 길가 돌덩이

다시 그자리에 앉아 불러보는 노래

끝내 다 부르지 못하고 하염없이 눈물만 뚝뚝

옛날에 금잔듸 동산에..

고장난 벽시계

벽에 걸린 오래된 쾌종 시계
날마다 볼 때마다 그 시긴
하릴없이 시계추만 쉼 없이 춤을 춘다

날이 가고 달이 가고 해가 또 바뀌어
내 청춘 이미 세월 따라 먼길 떠났건만
어이하여 너는 그 자리에 머물러 있는가

아직 할 일은 태산 이것만
미룰 수 없는 또 내가 하지 않으면 안 될 일들
하루를 매듭짓는 자정마저 볼 수 없으니

째깍째깍 소리만 난무해
못다 한 남은 일 재촉하는 듯
밀린 일거리에 촉박함을 네가 어찌 알까
너의 시곗바늘 멈추어 있다 해도
나는 저무는 노을에 기대어 서 있으니
너의 멈춘 시간 속에 나의 노년도 멈추어졌으면..

고드름 의 눈물

함 줌 햇살에 녹아내린 눈
기왓장 고랑 타고 흘러내려
처마 끝에 길게 매달린 風領(풍령)

행여 녹아내릴세라
찬바람 불어와 겹겹이 쌓인 굴곡
울퉁불퉁 종아리 매질에 줄 서듯
거꾸로 점점 자라난 기럭지

꺾일 줄 모르는 동장군 기세
가는 세월에 어쩔까

까치 한 마리 날아든 전령사
산 넘어 남촌 봄소식
아지랑이 훈풍에 따스한 햇살
긴 겨울 인내의 한계점에서
기다린 봄소식에 왈칵,
눈물 쏟아내듯
한 방울 두 방울
메마른 대지에 스며들어
오매불망,
기다리던 초록 숨결 위로 떨어져
새싹 틔워낸 고드름의 눈물

소나무 옹이처럼

노년에 일복 터진 팔자
배 터지게 욕 얻어먹는 시련
이리저리 휘둘리고 부서지고 쓰러질듯해도
휘어져도 결코 부러지지 않는 용기

내면에 박힌 옹이
그럴수록 더욱 야무진 용기
좌절을 딛고 다시 일어나 가야겠지
오뚜기 인생처럼 그렇게

단 한번 뿐인 인생길
끊임없이 이어지는 번뇌 속에서
스스로 다독이고 깨어나
걷잡을 수 없는 감성의 용기

오늘도 내일도,
깊게 박힌 소나무 옹이처럼
옹골차게 살아내야 할터
진정 부끄럽지 않은 삶을 위하여

제3부

또 하나의 장르 行詩(행시)

노을에 기대어 서서

노을에 물든 초로의 길목에서 돌아다 본 긴 여정
을씨년스러운 바람 불이와 이미 지쳐버린 몸뚱이
에둘러 간다한들 어디로 가야 할까 긴 한숨소리

기나긴 속앓이에 갈망하던 마지막 희망 찾아서
대자연의 피조물 책갈피에 담아낸 두번째 시집
어디서 와서 어디로 가야하는지 난해한 삶의 지표

서두를것 뭐 있을까 만, 서각에 이름석자 걸어두고
서릿발 내리기 전 하나 둘 서서히 비워가야 할 테지

향나무

향기를 담아내는 무성한 초록 잎새
나 죽어 향불 되어 원혼도 달래주고
무소유 공수거라 그렇게 가는게지

장미 봉선화

장고의 시름 끝에 고뇌를 빚어낸 듯
미완의 그림처럼 물감이 번졌구나

봉긋한 주머니엔 솜털이 보송보송
선홍빛 꿈을 담아 세상에 나가고자
화사한 단장하고 나들이 하였구나

호박꽃

호방한 너털웃음 걸걸한 여인처럼
박색이 죄라더냐 심성이 고와야지
꽃으로 피어나서 베풀고 지는 구나

작은 초가집

작지만 아담하니 더없이 행복하고
은은한 산새 소리 귓가에 들려오니

초원에 푸르름이 눈앞에 펼쳐지고
가슴속 하나 가득 흥겨운 노랫가락
집이란 모름지기 위안의 요람이요

솔방울

솔향기 흩날리는 아침
오솔길 따라 걷노라면

방실방실 웃어주는 햇살
이슬머금은 잎새에 머물러

울적했던 가슴 열어 제치고
자연과 어우르는 치유의 일탈

물망초

마음 활짝 열고서 지나는 길손 반겨가며
바르게 사는 길 올곧게 추구하는 글 속에
사연도 들어보고 서로의 교감 나누어가며
아름다운 들판의 향연 동행의 길목으로

자연의 이치 순응하며 스스로 질서 속에서
차가운 겨울 한 줌 햇살에도 고마움 표하고
카랑한 목소리 음유 시 한 편에 향기를 담아
타버린 재가 될지라도 거름 되어 소생하듯

파릇한 새싹 돋아나는 봄날의 새로운 희망
하루를 살아내는 용기, 부디 나를 잊지 마세요

웃음꽃

웃다보면 세상살이 술술 풀려
슬플때도 시름 잊고 웃어봐요

음지에도 언젠가는 볕이들고
살다보면 좋은날도 있으려니

꽃밭에서 벌나비와 놀다보면
나도함께 황홀경에 꽃이된 듯

戀戀不忘(연연불망)

연서에 눈물자국 가슴을 파고들어
연심을 담은 흔적 닳도록 되뇌이며
불여귀 아린 마음 이 밤도 잠 못 들어
망상의 굴레 속에 그리움 뿐이더라

* 不如歸(불여귀) : 돌아간들 뭐할까..(두견새 울음)

挿矢島(삽시도)

삽다리 건너
서해로 가는 길
바다내음 가득한 해풍

시인의 가슴 일렁이며
격정의 감동으로 다가와
쪽빛 노을에 떠오른 시상

도처에 늘어진 무인도
팔폭 병풍 펼쳐 놓은 듯
해변가 옥돌 햇살에 눈부시다

오월이 오면

오늘도 좋은 아침 자연과 어우르니
월말에 묵은 피로 월초에 내던지고
이리도 맑은 햇살 초록에 펼쳐지니

오롯한 정감으로 초하를 맞이하여
면면이 알록달록 장미꽃 흐드러져

단오절

단아한 차림새로 그네에 올랐어라
오늘은 즐거운 날 청포에 머리감고
절절한 사연담아 님보러 간답니다

월광 소나타

월야 청청 달 밝은 밤 눈부시게 시린 하늘
광활한 은하수 바다 송두리째 빼앗긴 마음

소녀의 눈빛 닮은 듯 반짝이는 고운 별빛
나의 별도 하나 너 닮은 별에 꿈도 하나요
타버린 가슴에 흐르는 애상의 노래 한 곡조

산수유

산속 깊은 곳
외로운 나무 한그루
한 줌 햇살 붙들고 늘어져

수려한 기교
노랑 왕관 만들어
고고함 뽐내고서

유혹의 손길에
벌 나비 날아들어
환희의 노래 부른다

안개 속 여울목

안녕이란 말 들릴 듯 말듯 남기신 다시오마 한마디
개여울 물소리에 휩쓸려 아득히 멀어져간 허망함
속으로 되뇌이며 뒤돌아서 하염없이 걷고 또 걸어
여분의 시간 창가에 서면 유리창에 비친 그대 모습
울음도 눈물도 메말라 비틀어진 넋나간 공황의 늪
목마른 사슴처럼 날마다 바라보는 개여울 돌다리..

바윗돌

바람도 비켜가는 묵언의 가르침은
윗풍에 북풍한설 억겁을 버팀이요
돌틈에 묶은 세월 고요함 뿐이더라

웨딩마치

장갓집 규수처럼 곱게도 단장하고
미소를 머금은 채 고혹의 눈길 담아
꽃다운 이팔청춘 혼기를 맞은 여인

필연적 운명으로 맺어진 백년가약
때마침 행진곡에 걸음도 사뿐사뿐
면사포 너울 속에 가려진 고운 미소

계간지

계절이 바뀔 때면 원고를 다듬어서
간행지 책갈피에 작품이 채워지고
지면 속 빼곡하게 감성을 담아내다

꽃밭에서

꽃망울 깨어나는 언덕길 걷노라면
밭뚝에 새초롬한 들꽃이 흐드러져
에둘러 가는 길에 반갑다 눈인사에
서로가 예쁘다며 자랑질 아웅다웅

꽃마차

꽃송이 가득 짊어진 수래
조금 힘겨울지라도
너는 참 행복하겠다

마음 뿌듯한 희열로
날마다 향기 속에 파묻혀
좋기도 하겠다

차곡차곡 꽃나래
보듬고 살아가니
나는 네가 정말 부럽더라

盡人事待天命(진인사대천명)

진실한 마음담아 최선을 다한결과
인생사 호사다마 난관도 전화위복
사명감 그하나로 올곧게 나아갈제
대망의 결실로서 서광이 비치리라
천륜이 인륜이니 선행을 베풀고서
명줄도 이심천심 하늘에 뜻이라오

* 주어진 일에 최선을 다하고 하늘의 명을 기다림.

아치울

아름드리 소나무
운치를 자아내는 풍광

치솟은 아차산
병풍 삼은 아늑한 보금자리

울창한 숲길 뒤뜰에 둔
도심 속 부러운 전원마을

* 아차산 아래 아치울(한다리) 마을

喜樂五花(희락오화)

꽃피는 춘삼월에 두견새 노래하니
꽃같은 그대있어 내삶이 풍요롭고
꽃길에 나부끼는 연분홍 꽃비내려
꽃속에 그대닮은 미소가 번져오고
꽃말로 화답하는 시한 수 읊노라니

생명체

생의 끈
놓지 않고
목숨 줄 부지하며

명줄도
以心 天心
희망을 의지 삼아

체념도
아니하고
피어낸 초록 잎새
(이심 천심)

초가삼간 (草家三間)

초연한 문인의 길
올곧은 기개 펼칠 곳 찾아
산속 깊은 곳 찾아들어

가여운 인생살이
탓할것 무어 있을까
그것이 인생이려니

삼고초려 기다림의 세월
자연을 벗 삼아서
지필묵 펼쳐놓고

간간히 소식이나 들어가며
텃밭 푸성귀 재미삼아
그리 살면 될 것을

* 三顧草廬삼고초려 : 인재를 맞기 위해 참고 기다림

상상화

상념에 젖어살다 꽃이 된 슬픈 사연

상고대 결정처럼 피었다 이내지고

화려함 뒤에 숨은 아린 듯 깊은 상처

* 상상화 원래이름 이명 : 꽃무릇, 산두초, 붉은 상사화

고향의 강

고독과 함께한 오랜 시간
마주한 친구 벽에 걸린 그림 한 장
속내로 삼킨 타향의 서러움

향리 쪽 바라본 하늘
그리움으로 가득한 환영
못잊어 불러보는 망향가

의기소침했던 세월
어깨위에 짓눌린 세월의 무게
모두 다 부질없는 욕심의 그늘

강물 내려다 보이는 언덕
언젠가 돌아가야 할 그곳
내가 누울 자리 땅 한평 남짓

꽃잔디

꽃망울 화사함이 햇살에 펼쳐지고
잔잔한 미소까지 님 닮은 모양새로
디딤돌 한켠에서 예쁘게 피었네요

抒情 文學(서정 문학)

서릿발 내린 나뭇가지
서러움도 헤아려가며
때로는 내가 낙엽이 되어

정들어 함께하는 인연
만남과 이별의 아픔까지
글 속에 스며든 시상

문인의 올곧은 기개 담아
난관을 헤쳐나갈 의로운 길
어렵고 험난한 창작의 과정

학구열에 타오른 열정
자나 깨나 빠져드는 시상
혼을 담아 빚어낸 보석 같은 작품

水原城(수원성)

수려한 언덕 위에 고풍의 망루에는
원대한 정조 임금 천도의 꿈을 담아
성곽의 돌 틈에는 세월의 흔적만이..

술 잔위 소야곡

술 한잔 따뤄놓고 세상사 푸념으로
잔 비운 양푼에는 희망을 가득 채워
위로의 덕담으로 오가는 문우의 정

소주잔 기울이며 시 한수 읊노라니
야심한 무정세월 한탄의 노랫가락
곡조도 애상이라 시름이 흐른다네

겹 벚꽃

겹겹이
쌓인 잎새
볼수록 복스러워

벚꽃잎
흐드러진
오솔길 걷노라면

꽃밭에
벌이 되어
향기에 흠뻑 젖어

봄 향기 날아와

봄의 길목에 서서
산들바람에 내맡긴 일탈

향긋한 꽃 내음 다가와
코끝을 스치는 싱그러움

기분도 상쾌한 햇살
언덕에 따사로움 가득해

날마다 새록새록
대지위에 피어나는 꽃망울

아름다운 계절
영원히 머물고 싶은 마음

와락 껴안고 춤추고 싶은 충동
이 세상 모든 이의 축복 화사한 춘삼월

새벽별

새로이 시작되는 여명 속 이른 출근

벽두에 반겨주는 님 닮은 예쁜 달님

별똥별 스친 자리 소원을 펼쳐본다

춘설에 피는 꽃

춘궁기 고난 길에 명이 꽃 피어나고
설원에 복수초는 샛노랑 애처로이
에이는 북풍한설 이겨낸 강한 의지

피다 만 춘설화는 화들짝 놀랐구나
는적한 진눈깨비 야속한 시샘이여
꽃망울 터지는 날 햇살이 반갑구나

야생화

야속한 세월
꽃 진자리 하얀 서릿발에
서슬퍼런 동장군

생의 끈 놓지 않고서
모질게 견뎌낸 인내
가슴에 새긴 새봄의 그리움

화사하게 피어난 들꽃
깜찍한 날갯짓에
번져오는 해맑은 미소

당신의 향기

당당한 그대 모습 양지쪽 연분홍 꽃망울 닮아
신선한 님의 향기에 기대어 선 하얀 꿈에 젖어
의지로 피어난 자태 고고함에 향긋한 내음까지

향수에 젖어 사는 외로운 가슴에 생기로 전해와
기다림의 몸부림 그대로 인해 눈 녹듯 사라졌소

나비군무

나신의 무용수 들 망사 옷 걸쳐 입고
비상의 춤사위로 무대를 사로잡듯
군중을 앞도하는 몸짓도 현란하게
무한의 감동으로 가슴에 오래도록..

샘솟는 열정

샘같이 맑고 고운 심성으로 채운 서정시 한편
솟구치는 감성 글 속에 담아 빚어낸 고운 작품
는지시 유혹하듯 은은한 시향 낭송으로 거듭나고

열화와 같은 응원에 가야할 문학의 올곧은 길
정으로 맺어진 문우애 더불어 함께 하는 글 카페

밤이슬

밤하늘 별님들
정겨운 속삭임에
고요한 새벽

이제 막 깨어난 잎새
보석 같은 눈망울
초롱초롱

슬기로운 햇살
포근한 아침인사
초록들의 희망찬 기지개

비오는 날의 연가

비 쏟아져 낙숫물 패인 자리 우두커니
오늘도 하염없이 내리는 때 이른 장마
는적한 기분 달래줄 지짐이에 택배기 생각

날씨 탓 취기 탓에 귓가로 흘러드는 음악
의기소침 어깨위로 감성에 무개를 더해

연심 담아 함께 부르던 추억 담긴 그 노래
가여운 신세되어 나도 몰래 따라 부르고있다

명자 꽃

명상에 젖어살다 붉은빛 花顔으로
자화상 닮은모습 화폭에 담겨있소
꽃으로 환생하신 우리님 같은지라.

(花顔 : 화안)

문학의 꿈

문필가 감성으로 버무린 고운 시상
학구열 탐구 영역 사물에 혼을 담아
의지로 가꾸어 낸 끈질긴 창작 열정
꿈결에 받은 시집 현실로 다가오다

꽃다지

꽃으로 환생한 사랑
못다한 이야기
사연도 구구절절

다시 태어난 생명
따스한 햇살 아래
열정으로 피워낸 꽃망울

지나간 영화 누리듯
화사한 샛노랑 미소
유혹으로 다가와

* 4, 5월에 피는 다년초 나물로, 약용으로 쓰인다

봄향기 담은 비

봄마중 가는 길 초록 잎새 파릇파릇 돋아나
향내 음미하며 싱그러운 둘레길 따라 걷는 길
기운찬 봄소식에 사물이 꿈틀거리는 대지

담쟁이 새순 희망의 날갯짓은 벽을 오르고
은은함 자아내는 봄꽃들의 즐거운 축제
비 온 뒤의 푸른 들판 삼라만상 중심에 서서

목련화

목마른 사슴처럼
봄을 기다리는 꽃 몽우리
터질 듯 부풀어 올라

련모한 마음 하나
긴 겨울 버텨온 의지
꽃으로 승화시킨 아름다움

화사하게 피어난 목련
고운 잎새 질 때 지더라도
오래도록 머물러다오

雨水 驚蟄(우수 경칩)

우우수 낙엽 떨어져
동면에 들어선 긴 겨울에
이리저리 숨어든 생명체

수많은 날 견뎌낸 인내
해빙의 물소리 들려와
사계의 순리 되돌림으로

경거망동 고개 내민 개구리
동장군 심통에 화들짝 놀라
되돌아선 눈물

칩거에 든 오랜 세월
갈고닦은 노래솜씨
물 채운 들녁에 들려오는 합창

牧丹花(목단화)

목련꽃 지고 나면 몽우리 터질 듯이
단아한 색시처럼 곱게도 차려입고
화사한 햇살 아래 방긋이 웃고 있네

애기사과

애지중지 보살펴
꽃필 땐 몰랐지만
이름도 예쁜 꽃 사과

기염을 토하듯
앙증맞은 작은 알맹이
나날이 커가는 과정

사랑스러운 모습
따가운 햇살 받아
붉게도 물들인 가을

과일이라 말 하기엔
조금은 민망하지만
향도 맛도 똑같이 닮았네

돌담 집

돌덩이 듬성듬성 구도를 맞춰가며
담쟁이 발 뻗을 곳 배려도 해 가면서
집 둘레 구비구비 고풍을 자아내다

따스한 봄 햇살

따사로운 양지쪽 돌나물 새순 파릇파릇
스며든 촉촉한 봄비 초록들 겨울잠 깨워
한기 사라진 자리 개구리 합창 울려 퍼지고

봄기운 완연한 계절 들로 산으로 나들이

햇나물 비빔밥에 주고받는 막걸리 잔
살가운 운우지정, 사람 사는 평범한 이야기

죽부인

죽으로 만든 베개 사람의 형상이라
부부가 무더위에 잠자리 따로 할 때
인향은 없다지만 妻보다 좋더란다
(妻 : 아내 처)

초록 물결

초원 가득히 훈풍 불어와
대지를 가르고 틔워낸 새싹들

록원에 아지랑이 춤추는 언덕
개울가 버들가지 휘휘 늘어지고

물안개 피어나는 연못
개구리 합창 울려 퍼지는 봄날

결초보은 되갚아야 할
대자연의 고마움 잊지 말아야지

나비꽃

나하고 춤을 춰요 유혹의 눈짓으로
비상의 고운 나래 바람에 흩날리며
꽃처럼 피어나서 하늘에 날아올라

정동진 바다 부채 길

정든 님 함께 거닐던 해변가의 아련한 기억
동녘에 검붉은 태양 떠오를 때 빌었던 소원
진실한 사랑 지속되길 원해지만 어쩌다 보니

바람결에 긴 머리 휘날리던 빛바랜 사진 한장
다시 찾은 그곳 애상에 젖어 하염없이 눈물만

부질없는 옛 생각 되살아나 한잔 술로 다독이며
채운들 채워질까 잊은들 잊혀질까 그날의 추억
길가에 고뇌와 시름 던져놓고 뒤돌아 선 한숨

별자리

별 하나 님도 하나 오로지 일편단심
자욱한 안개 속에 희미한 님의 환영
리라꽃 피는 날에 님 돌아 오신다네

월야에 시한 수

월야 청청 보름달 호숫가에 내려앉은 언덕
야밤 물가에 비친 어여쁜 달님의 하얀 속살
에이는 가슴속 밀려드는 그리움 부스러기

시간이 흐를수록 혼돈 속의 유혹 어찌해야 할까
한번 빠져버린 애욕의 수렁 헤어날 길이 없어
수없이 고개 흔들며 써내려 간 애상 시 한 소절

詩 香氣(시 향기)

詩속에 피어난 꽃
보는 이의 가슴속
감동으로 스며들어

香으로 채운 글귀
감성을 더한 낭송으로
가까이 다가와

氣억의 파장
요동치는 감격
긴 여운으로 남아

업보 오행(業報 五行)

미색을 탐한 탓에 이별이 따랐으니
그것 또한 업보려니..
노력이 모자람에 뒤쳐진 세상살이
그것 또한 업보려니..
재물복 없는탓에 가난을 달고 사니
그것 또한 업보려니..
경솔한 행동으로 구설수 올랐으니
그것 또한 업보려니..
선약을 하였으니 짊어진 보따리요
어쩌랴~!! 그것 또한 업보려니..

영산홍(映山紅)

영원히 잊지 못할 새봄의 고운 추억
산야에 조화로움 신바람 붉은 물결
홍조 띤 수줍음이 절세가인 춤추듯

제4부

시조(詩調)에 빠져들다

菜松花(채송화)

담벼락 등짐 지고 그림자 밟고 앉아
접시꽃 부러운 듯 고민에 빠져들어
고개를 치켜들고서 하염없이 눈물만

아니야 아니란다 작아도 예쁘잖니
꽃 나래 펼친 모습 귀엽고 앙증맞아
햇살에 사랑스러운 올망졸망 채송화

고장난 벽시계

고물이 되어버린 오래된 괘종시계
장고의 시름 속에 고뇌를 짊어지고
난해한 세월의 흔적 곱씹으며 지낸 날

벽체에 붙박이로 언제나 그자리에
시간을 초월해서 득도에 오름일까
계속해 쳐다보지만 요지부동 이더라

의림지 대도사

널따란 호수위로 원앙이 날아들어
한가한 사랑놀음 부러움 자아내고
늘어진 수양버들은 세월 타령 하는가

마주한 대도사엔 풍경음 고고하니
낭낭한 아침 예불 산새들 모여들어
번뇌도 내려놓고서 삶의 무게 벗어나

황혼의 숲길에

찬 이슬 헤쳐가며 집 나선 산행길에
풀벌레 울음소리 산새 들 노랫소리
대자연 품에 안기어 스며드는 행복함

숲 길에 오롯함이 즐거움 더할지라
노을 빛 바라보며 긴 한숨 쉬노라니
황혼 길 나하고 닮아 아쉬움만 남더라

오월의 유혹

연초록 잎새 위로 햇살에 비친 모습
붉은 빛 고운 얼굴 너울에 가려진 듯
도도한 여인네 처럼 돋보이는 요염함

날오라 손짓 하는 황홀한 춤사위에
눈앞에 아른아른 빠져든 유희놀음
흥겨운 오월의 노래 작약 꽃에 머물러

별똥별처럼

번뇌와 동고동락 족쇄를 채워둔 채
내 생의 조각 찾아 허비한 시름 안고
영원히 아물지 못한 가슴앓이 생채기

그리운 그 무엇에 떠도는 구름처럼
긴 세월 방황 속에 청춘을 다 보내고
저 하늘 별똥별처럼 사라지고 말겠지

떠나는 봄

긴 겨울 움츠린 채 옷깃을 추스르고
성성한 서릿발도 감내한 고진감래
그렇게 꽃피운 열정 흐드러진 춘삼월

짤따란 해후의 봄 아쉬움 동여 메고
애달파 목이 메어 배웅 길 주저앉아
온다는 기약도 없이 야속하게 떠났네

五月 애찬가

종달새 울음소리 여름을 재촉하고
장미는 길섶에서 유혹의 율동으로
지붕 위 이엉 줄 따라 호박 넝쿨 우거져

라일락 향기 따라 떠난 님 돌아오니
오월의 싱그러움 신록의 계절이라
정겨운 생동감으로 머물고만 싶어라

꿈속에 고향

날마다 꿈결 속에 고향의 부름 소리
회한을 접어둔 채 인생길 느지막이
아쉬움 구겨 넣고서 향리 품에 돌아가

산자락 허리춤에 조그만 토벽 초가
장작불 타닥타닥 그윽한 송진 내음
도랑물 흘러가듯이 그리 살면 될 것을

산행길 무릉도원

광활한 대지위에 신록이 우거지고
라일락 고운 향기 폐부에 스며들어
초하의 싱그러움이 눈앞에서 피어나

홀로이 나선 산행 자연과 어우르고
지천에 시상으로 시 한수 쓰노라면
권세도 부럽지 않은 무릉도원 같아라

눈물 꽃 사랑초

사랑을 안겨주던 포근한 님의 품속
황홀한 지난밤은 한바탕 꿈이었나
정주고 떠나간 그님 소식조차 없으니

가슴에 일렁이는 속삭임 다정한데
인연의 굴레 속에 투영된 그림자여
그리움 쌓이고 쌓여 희나리가 되었소

그대가 없는 자리 쓸쓸한 바람 지나
동아줄 놓지 못한 애타는 일편단심
볼 타고 흐르는 눈물 사랑초가 되었네

창작의 끈

노랑도 한 움큼 씩 분홍도 소담스레
버루에 꽃잎 담아 버무린 서정으로
머릿속 혼돈의 글귀 가지런히 모아서

장고를 거듭하여 글쓰기 매진할제
붓끝에 혼을 쏟아 휘갈긴 花書體로
한지에 베어나오는 향기 듬뿍 시 한수
(花書體 : 화서체~그림 같은 글씨체)

어머니의 부엌

빈 쌀독 긁는 소리 애환을 삼켜가며
보리쌀 삶아내어 끼니를 해결할까
정지간 쪼그려 앉아 부산하신 어머니

아궁이 연기 따라 비애가 담긴 눈물
속 타는 어미 마음 부지깽이 타듯이
가난을 달고 살았던 선비집안 며느리

이팝나무 꽃

팝콘을 쏟아내듯 푸짐한 먹거리에
튀밥 집 지나치듯 군침만 꼴깍꼴깍
아이들 신기한 듯이 오랜 눈길 머물러

초하의 화창한 날 겨울이 그리울까
초록 위 하얀 눈꽃 버거워 늘어지고
이팝나무 넉넉한 인심 보는이 들 즐거워

나팔꽃 아침인사

어둠에 접은 꽃잎 햇살에 활짝 펴고
반가운 아침인사 나팔꽃 정겨움에
나들이 둘레길 따라 발걸음도 가벼워

실개천 물소리는 귓속을 간지르고
풀벌레 울음소리 가슴에 스며들어
초하에 싱그러움이 널브러진 대자연

삽짝 문에 걸쳐 둔 임의 노래

설한풍 몰아치는 야멸찬 동지섣달
앙상한 꽃대 위로 서릿발 성성하니
긴긴밤 시름에 젖어 잠 못 드는 애절함

먼저 간 님 목소리 삽짝문 걸쳐놓아
바람에 울먹이며 베갯잇 스며들어
못잊을 그리움이란 노랫말이 되었네

우리님 살아생전 부르던 노랫가락
문풍지 슬피 울듯 파르르 떨고 있어
어쩌랴 못다한 노래 저승가서 부르리

한벌만 남은 수의 짝 잃고 울부짖어
서러움 떨쳐두고 때 되면 아니갈까
죽어도 함께하자던 임 곁으로 가련다

시인의 노래

가슴속 번뜩이는 찰나의 영감으로
자연의 조화로움 글 속에 스며들어
귀중한 진주목걸이 한 올 한 올 꿰매듯

푸른 꿈 보푸라기 온화한 감성으로
한가득 밀려드는 시상을 주워 모아
서정을 곁들인 노래 감동으로 전해와

哀愁의 小夜曲(애수의 소야곡)

애상의 밤하늘에 달빛은 처연하고
수많은 옥빛 별들 수심이 가득하니
의로운 문인의 갈길 첩첩산중 나그네

소쩍새 울음소리 답례로 시조 한 수
야심한 사랑방에 호롱불 밝혀두고
곡차에 시름 달래며 분주해진 붓놀림

우리어메

청포도 읽어가는 여름 해 따가움에
손수건 동여메고 텃밭에 땀을 쏟아
밤이면 삭바느질에 생계위한 몸부림

객지에 나간 남편 소식도 없는지라
홀로이 꾸린 가정 눈물로 지새우고
자식들 배곯이 할까 어미 입엔 누룽지

가장의 빈자리에 아이들 다독이고
행여나 임 오실까 대문 앞 서성이다
어둠속 울려퍼지는 청상과부 하소연

삶의 무게

바지게 한소쿠리 고난을 짊어지고
머나먼 인생 여정 황혼길 끝자락에
어쩌랴 못 다한 여한 내려놓고 가야지

생채기

무정한 이별 노래 내 안에 가시 하나
너 없는 빈자리는 끝없는 방황의 길
내 삶에 업보인 것을 후회한들 뭐할까

안개초 꽃망울

안개가 자욱한 날 오솔길 걷노라면
개여울 한켠에는 물소리 청아하고
초원에 활짝 펼쳐진 싱그러운 야생화

꽃피는 사월이면 오색이 창연하니
망울져 피어나는 생동의 계절이라
울 엄마 좋아하시던 안개초도 피었네

산야초 춤사위

산 깊은 계곡 따라 햇살이 머문 자리
야멸찬 북풍한설 서러움 떨쳐낸 후
초원에 곱게 피어나 꽃 몽우리 틔워내

춤추는 고운 잎새 한 자락 율동으로
사연을 담은 향기 바람이 실어가고
위로의 해맑은 미소 고요 속에 영글어

悔心曲(회심곡)

一片如 雲雨之樂 必後駕 過猶不及
일편여 운우지락 필후가 과유불급
自充手 多前難題 慧眼路 結者解之
자충수 다전난제 혜안로 결자해지
定義想 罪過待天命 不忘本分 之懺悔
정의상 죄과대천명 불망본분 지참회

한 조각 구름같은 세상사 이치라니
쾌락도 잠시 잠깐 과하면 아니될 듯
반드시 멍에가 되어 되돌릴 수 없으니

수많은 가시밭길 스스로 헤쳐가며
본분을 잃지 않고 천명을 따르고자
의로운 책무감으로 참회의 길 가리라

* 뜻 풀이:
초장) 쾌락도 한조각 구름과 다름 없으니 과하면 반드시 멍에가 될것이고
중장) 스스로 행한 일에 대해 눈앞에 어려움을 지혜로 풀어야 할 것이며
종장) 의롭고 올바른 생각으로 본분을 잃지 않고 잘잘못은 천명에 따라 참회해야
　　　할것이요.

詩集(시집)

장고의 시름 끝에 짓이긴 고뇌 담아
흩어진 부스러기 글자를 끼워 맞춰
한편의 시집이 되어 꽃 나래를 펼치다

꽃향기 길 따라

꽃피는 봄이 오면 춘정이 넘쳐나고
향긋한 꽃내음에 심장은 요동치나
기다린 님의 소식은 요지부동 이더라

길가에 초록들은 위로의 박수갈채
따스한 사월 햇살 님 마중 골목길에
라일락 향기 따라서 노랑수건 걸었네

봄비에 젖은 날

봄마중 가는 길에 하늘의 시샘일까
비 오듯 쏟아지는 연분홍 잎새 위로
에이는 눈물 흐르듯 부슬부슬 내린 비

젖어든 꽃 나래는 파르르 떨고 있어
은연중 슬픈 마음 시라도 써야 할까
날 잡아 나온 산책길 하염없이 걷는다

어머니 기일에

어릴 적 엄마 등짝 편안한 잠자리요
머리에 始根드니 저세상 떠나셨지
니 하나 잘 되는 것이 소원이라 하셨네

기댈 곳 없는 인생 떠돌이 浮草되어
일생에 단 한 번도 잊을 수 없는지라
에이는 가슴 한가득 그리움만 남았네

*始根시근 : 근본이 되다, 철이들다
*浮草 부초 : 물에 떠다니는 방랑초

연분홍 꽃비요

연심을 담은 서정 우수수 떨어지니
분주한 잰걸음에 희락에 빠져들고
홍조 띤 수줍은 미소 유혹하듯 다가와

꽃길에 나부끼는 춘정의 사랑놀이
비처럼 쏟아지는 꽃 나래 황홀경에
요망한 육신의 욕정 뿌리칠 수 없어라

하얀 민들레

들판에
홀씨 날아
끈질긴 생명 이어

돌틈에
자리잡고
꽃피운 삶의 여정

미소 띤 하얀 민들레 햇살 받아 예쁘다.

황금빛 영춘화

황홀한 나비들의 군무가 펼쳐지듯
금색의 고운 율동 내 마음 사로잡아
빛나는 만화의 계절 봄이 온듯하구나

영롱한 햇살 받아 노랑꽃 화사함에
춘정에 빠져들어 넋 놓고 보노라니
화사한 너의 모습이 첫사랑을 닮았네

외로운 등대

고독을 감내하며 스스로 추스르고
파랑에 젖은 육신 그리운 햇살이여
바다가 투영된 하늘 표류하는 서러움

광란의 질풍노도 몸으로 부딪치며
의로운 책무감에 고독한 희생의 길
잠시도 쉴 틈이 없는 망망대해 길잡이

도토리 묵

나무 위 토실토실 도토리 읽어가고
갈바람 한 자락에 우수수 떨어지면
엄마와 봉새기 가득 주워 담아 왔었지

다람쥐 큰 눈망울 아쉬움 뒤로 두고
맷돌에 곱게갈아 가마솥 죽을 쑤어
먹거리 귀하던 시절 맛난 별미 묵사발

정상에 올라보면

춘삼월 화사함에 초록들 무성하니
버들잎 휘휘 날아 춤추는 나비 같아
꽃비로 수놓은 거리 환상속의 산행 길

산수가 빼어남이 천하에 절경이라
자연에 스며들어 득도에 오름이니
이 세상 최고의 선물 자연속에 있더라

고귀한 야생화

고요한 깊은 산중 대지를 뚫고 나와
귀중한 새싹 틔워 세상에 감동으로
한설도 이겨낸 의지 초롱초롱 눈망울

야생의 고행 끝에 해맑은 모습으로
생명의 소중함을 일깨운 동기부여
화사한 햇살 보듬고 고풍스레 피어나

토란잎에 옥구슬

해맑은 햇살 아래 먹구름 모여들어
후드득 소나기에 화들짝 놀란 초록
펼쳐진 잎사귀 위로 진주 같은 물방울

바람에 이리저리 모였다 흩어지고
오묘한 모습으로 청아한 하늘 담아
가만히 내려다보면 보석으로 가득해

억새 숲

귓가에 들려오는 강가에 스산함은
바람에 사각거림 애잔한 울음소리
그 무슨 사연이기에 통곡으로 들려와

하얀 손 흔들면서 애타게 부르는 듯
갈구한 그 무엇에 닮은 듯 동병상련
묵묵히 지켜보다가 하염없이 눈물만

영춘화 고운 날

영화를 누린 시절 사무친 그리움에
춘삼월 앞에 두고 스스로 다독이며
화사한 햇살 보듬고 깨어나는 꽃망울

고난의 겨울나기 위로의 눈길 속에
운 따라 시조가락 가지에 들려주니
날마다 노란 꽃송이 소담스레 피어나

봄비가 오는 날

봄소식 가득 담아 가랑비 오는 날에
비 오는 창가에서 애상에 젖어들 때
가엾은 산새 한 마리 처마 밑에 앉았네

오늘도 시상 찾아 사색에 빠져들어
는적한 빗속에서 자연과 교감하고
날 궂이 청승을 떨며 새와 나눈 혼잣말

숲길에 詩畵展(시화전)

숲 속을 산보하는 발걸음 멈춰 세워
길가에 일렬횡대 시화를 바라보며
에두른 둘레길 따라 감동이 넘쳐나고

시향이 날아들어 오감을 자극하니
화사한 그림 속에 시인의 작품 세상
전시회 오가는 사람 도서관에 온듯해

화가의 붓놀림

화가의 붓질 따라 피어난 고운 무늬
영혼을 지핀 자리 고고함 자아내고
벌 나비 날아드는 듯 착각 속의 생동감

화선지 굴곡 따라 꽃향기 묻어나고
오솔길 고운정취 오롯한 정감으로
불어온 실바람 따라 자분대는 한가함

접시꽃 당신은

숲 속을 산보하는 발걸음 멈춰 세워
길가에 일렬횡대 시화를 바라보며
에두른 둘레길 따라 감동이 넘쳐나고

시향이 날아들어 오감을 자극하니
화사한 그림 속에 시인의 작품 세상
전시회 오가는 사람 도서관에 온듯해

임이여 살포시 오소서

임 오실 마을 어귀 손수건 걸어두고
이제나 오시려나 저제나 오시려나
여름날 오신다더니 하얀 첫눈 내렸소

살가운 미련의 정 방안에 가득하니
포근한 사랑으로 소확행 그 순간들
시간이 흘러갈수록 희미해진 흔적들

오늘도 새겨보는 빛바랜 고운 추억
소쩍새 울음소리 애간장 녹아들어
서러운 동지섣달 밤 잠못드는 그리움

세월에 묻어둔 연심가

세상사 알 수 없는 억겁의 인연들아
월야에 시 한 수로 시름을 달래 가며
에이는 시린 가슴속 스며드는 가련함

묻지도 않으련다 떠나간 님네들아
어디에 살더라도 행복을 빌어주마
둔탁한 머리 한가득 어지러운 환영들

연정을 품은 시절 들뜨는 심정으로
심어둔 고운 씨앗 싹트길 바랬지만
가버린 시간 속에서 미련으로 맴돌아

春三月 山野(춘삼월 산야)

春三月 綠陰芳草 山丘紅 爛發歌鵑

춘삼월 녹음방초 산구홍 난발가견

鳴鐘遠 白影雲裏 詩樽到 處茵成樂

명종원 백영운리 시준도 처인성락

眼前歷 歷往時事之 不覺空門 夕日斜

안전역 력왕시사지 불각공문 석일사

춘삼월 녹음방초 진달래 흐드러져

구름 속 풍경소리 싯구절 술잔속에

눈앞에 지난 일들이 석양빛에 기울어

(뜻 풀이)

* 춘삼월 녹음이 우거지니 산야에 붉은 진달래 흐드러져 두견새 노래하고
* 흰 구름 속 절간에 종소리 아련하니 싯 구절에 술이 있어 즐거움 가득하고
* 눈앞에 아른거리는 지난 일들이 문앞 석양빛에 저무는 줄 모르는 구나

포화 속 傷痕(상흔)

해방 후 양분되어 적대 적 대립으로
이념이 다른 길에 통일은 요원하고
민족적 이데올로기 극복하지 못한채

전쟁의 소용돌이 죽여야 내가 살고
비극의 한국전쟁 또 다시 휴전으로
지금껏 포화 속 상흔 생채기가 되었네

아차산에서

휴일에 꿀맛 같은 일탈의 나들이로
산행도 산 역사도 배우며 느껴가며
용마산 고개 넘어가 아차산성 다다라

한강이 굽이굽이 눈앞에 펼쳐지니
시상도 절로나와 사진에 담아두고
건강도 함께 챙기니 그야말로 소확행

사월에 피어난 장미

따스한 햇살받아 일찍도 피었구나
여름날 오기전에 네 모습 마주하니
오래전 떠나 가버린 옛 사랑이 생각나

화려함 뒤에 숨은 가시를 못보고서
사모한 연정으로 사랑가 불렀더라
사월에 피어난 장미 반갑기도 하구나.

황매화

노랑색
고운마음
내게로 다가와서

바람에
일렁이며
수줍은 모습으로

꽃 피운 사월의 들녘 그림 한 폭 되었네.

라일락 향기

못잊어 애태우던 님 가신 길목마다
반가운 개화 소식 눈앞에 펼쳐지니
추억이 되살아 나와 음미하는 꽃향기

함께한 나들이 길 훈훈한 정이되어
포근히 맞잡은 손 따스함 느껴지고
오늘도 라일락 향기 오솔길에 머문다.

어머니 사발

국 사발 밥사발도 고귀한 재물 보듯
윗 어른 대하듯이 소중히 다루셨고
재 뿌려 짚으로 닦아 반짝반짝 빛났고

깨질까 흠집 날까 삼베에 싸서 보관
젯상에 오를 때만 꺼내어 사용하고
고마운 마음 담아서 제자리에 두셨지

홍매화 피는 날

동장군 물러나고 남촌에 새 봄 소식
생 가지 끝자락에 초록이 움터올제
홍매화 싱그러운 향 그윽하게 날아와

고결한 님 만난 듯 그리도 반가워서
활짝 핀 너의 모습 넋 놓고 바라보며
시 한수 쓰다가 말고 황홀경에 빠졌다.

고운글 문학회

고결한 시상 모아 글짓기 매진할 제
운을 둔 글도쓰고 장르도 다양하게
글 속에 시향 모아서 책갈피 장식하니

문학의 열정으로 꽃 피운 문예지로
학구열 불타오른 고운글 아카데미
회원님 사랑 담아서 영원무궁 빛나리.

제5부

테마 에세이 세상

고장난 육신, 치유의 정거장

　기계도 계속 쓰다 보면 분명 고장 나기 마련인데 하물며, 사람의 육 신인들 왜 아니 고장 날까!!

　수만 개의 조직과 셀 수도 없는 세포들로 이뤄진 몸뚱이, 하나 둘 이상증세도 세심히 살피지 않고 바쁜 일상으로 지나치다 보면 크게 탈이 나는 것이다.

　긍정적 마인드와 건강에 반하는 식품은 멀리 하고 규칙적인 식사와 정해진 시간에 숙면을 취할 수만 있다면 무슨 걱정 이겠냐만, 세상이 그리 녹록지 않으니 어찌할까 시대적 변화로 인하여 24시간 생활권으로 세상이 바뀐 지가 이미 오래전이다.

　오늘 주문하면 오늘 안에 배달된다는 시대, 그러니 밤새워 택배차는 로켓 배송에 열중이고 택시 또한 늦은 귀갓길의 손님 태워다 주기 바쁘고 그러다 보니 부수적으로 해장국집 편의점까지 밤새도록 영업을 해야 하는 연쇄적인 업태의 고리가 이어진다.

　병원만 해도 그렇다 엄청나게 큰 규모의 건물임에도 불구하고 인산태가 난다 접수처엔 언제나 순번을 기다리는 사람들로 인산인해다 내과, 외과, 어디에든 순번을 뽑아놓고 한참을 기다려야 진료를 할 수 있다. 아픈 사람이 이렇게 많을까 하는 의구심이 들 정도다.

　필자가 입원한 병실은 보건복지부에서 지정한 간호 간병 통합서비스 병동이다 말 그대로 환자가 입원하면 모든 간호 간병이 병원에서 제공된다.

　입원비야 조금 비싸겠지만 보호자 없는 환자에겐 제격이라 앞으로 지향해야 할 의료복지 사업이다.

　그렇다, 병원이 없는 세상이라면 고장 난 육신의 고통은 어찌해야 할까 아파보아야만 병원의 고마움을 알게 되는 것이고 그 아픈 곳이 완치가 되고서야 병원의 존재감을 알게되는것 아닐까. 싶다, 죽는 날까지 고장 없이 살면 얼마나 좋을까.

　간호사라는 직업은 천사 같은 마음과 책임의식 없이는 할 수가 없다 특히 간호간병 통합서비스는 24시간 3교대 시스템으로 운영된다 옆에서 지켜 보면 자식이라도 과연 저렇게 할 수 있을까 생각할 만큼 지극정성이다 천사라는 이미지 그대로다.

　특히나 대소변이 어려운 노인네 환자분들의 기저귀를 갈아야 한다거나 심지어 식사가 어려운 환자에게 죽을 떠 먹이는 모습을 옆에서 보면 바깥 세상에서 보는 젊은이들과는 전혀 딴판이다 역시, 이런 세심한 부분은 간호사만이 할 수 있는 것이다.

　다시 한번 친절하게 설명해 주신 주치의 과장님께 그리고 급료야 받겠지만 헌신적으로 간호 간병에 임해 주신 분 들에게 감사의 인사를 지면으로 대신 올리며 의료계의 선봉에서 서비스 개선에 힘써주신 병원 관계자 분들에게 익명으로 감사를 전해본다.

　예전에 겪어보고 생각했던 병원과는 완전 딴판이다. 디지털 시대에 편승해 식사나 의약품 링거 주사까지 바코드 인식 하나로 오차 없이 전달되는 시스템이다. 우리나라가 세계 최고의 디지털 IT강국이라는 게 새삼 느껴진다 그 혜택을 누리고 사는 게 아닐까 한다.

　병상에 있다 보면 집에 있는 늦둥이 녀석은 어떻게 지내는지.. 글 카페 가입자는 없는지.. 궁금증도 일어 나지만 한편으로는 자신을 되돌아보는 계기로, 자성의 시간으로, 또한 남은 여생 설계도 해가며 육신의 치유와 힐링의 시간을 두루두루 가져본다.

이 나이에 중매라니... 허허 참~!!

사무실 청소 중에 휴대폰 벨소리가 요란하다. 액정에 표시된 이름, 참으로 반가운 분이다.

서로가 사는 방식도 다르고 바쁜 탓에 통화한 지 일 년이 지났으니 까마득히 잊을 뻔한 번호다. 낭랑한 목소리는 예전 그대로이나 약간의 코맹맹이 소리라 안부를 물어보니 부부가 코로나에 감염되어 자가격리 중이라 하신다.

이때까지 안 걸리고 버텨낸 내가 용하다 하신다. 또래 나이쯤 되는 분이신데 예전에 타 문학회 밴드에서 동인으로 함께 글을 쓰시던 분이시다.

유독 댓글을 잘 다시는 분이라 글밭에서 친해져 예전부터 중매 운운하였으나 정중히 거절했었다.

그래도 좋은 사람이니 한 번쯤 만나보라 하신다. 애들 키우고 뒷바라지하느라 이십 년 가까이 혼자 살았으니 이제는 자신을 위해 살아보란다.

말이야 고맙지만 해저문 인생에 웬 중매라니... 아니, 내가 부자도 아니고 그렇다고 큰돈을 버는 것도 아닌데 누가 중늙은이를 좋아나 할까!!

그것도 문학에 미쳐 퇴직금도 모자라 종신보험까지 해약해서 사무실에 처박은 사람인데 말이다. 하여, 재취업해서 연금과 모두 합해도 삼백만 원이 못되고 그것도 사무실 운영비에 경조사비에 또한 타 문학회 회원으로 왔다 갔다 하다 보면 백만원은 게눈 감추듯 사라지고 보험료만 해도 오십이 나간다.

팍팍한 세상살이 고물가 시대에 백오십만 원으로 살림을 해나가려면 빠듯하니 팍팍한 가계부다 요즘 시대에 문학에 미친 가난한 글쟁이를 누가 좋아하겠는가 재혼 포기한 지가 이미 오래전이다.

구구절절 사연을 예기하고 정중히 사양했으나 허허 참, 한번 만나보라며 그분은 바라는 게 없단다. 나로서는 믿기 힘든 예기다 요즘 시대에 눈 씻고 찾아봐도 그런 사람은 없는 것이 당연한 현실이다.

예전에도 돈푼깨나 있는 줄 알았는지 접근하는 여인네가 더러 있었다 하나같이 펀드를 들면 부자가 된다, 비트코인에 투자하면 몇 곱절을 번다. 다단계를 잘하면 톱스타로 큰돈을 벌 수 있다 등등 허허 참, 한두 번 속아봤을까 이번에도 그런 사례가 아닐까 해서 다시 한번 정중하게 거절을 한 것이다.

내 딴엔 나를 도와주는 셈 치고 문학회 가입이나 해서 글이나 써 봅시다 했더니 그것은 또 아니란다. 옛말에 누울 자리 보고 발 뻗어라 했거늘..

그냥 웃고 넘어가기엔 참으로 쑥스러운 예기다. 도무지 알 수 없는 세상사 늘그막에 무슨 영화를 얻겠다고 저물어가는 황혼길에 재혼인가 허허 참..

내 삶의 버팀목

신이 인간을 만들 때 한 사람에게 모든 것을 다 내어 주지는 않는다 사람과 사람이 만나 사람人

형태가 되어 서로가 의지하며 부족한 점을 메우다 보면 비로소 완벽한 인간이 된다고 한다.

세상에 가끔씩 보면 만능 엔터테이너 팔방미인이 있다지만 대다수의 인간이 완벽하지는 않다.

알몸으로 태어나 옷 한 벌부터 얻어 입고 살아가면서 하나둘 머릿속 빈 공간을 채워가는 것이다.

본인도 여복과 재물복은 없나 보다 반대급부적으로 남달리 글 쓰는 재주는 가졌다고 자타가 인정을 하니 아마도 대대로 선천적인 선비 집안의 유전자를 물려받았나 보다, 문익점 할아버지의 24대손으로 태어난 것을 자랑스럽게 생각하며 가장으로서 먹고살기에 바빠 마음은 있었지만 늦게라도 글문이 터져 처음엔 볼품없었더라도 늦으막이 글 쓰기를 시작한 것이 큰 다행이다.

십수 년 전부터 끄적이던 것이 글쓰기로 습관이 되어버렸다

타 문학회 회원으로 있다가 등단 후에 한때는 휘청거렸다 제정
신 차려 문학회를 창단해 본인 글 카페의 의무감에 장르별로 이
것저것 쓰다 보니 다작 형태의 작품이 되어 졸작도 더러 있다.

책에 활자로 오르기 전 선별과 수정을 거친 후 목차와 편집 과
정을 거쳐야 만 시집이 탄생하니 우선은 많이 써 놓고 수작을 골
라내는 방법이다.

카페지기로서 소임을 다 해가며 글을 쓰고 있지만 읽어주는
이가 있다는 그 하나의 큰 자부심으로 지출을 감수해가며 문학
회를 운영하는 것이다.

문학의 길은 멀고도 험하다, 문학 단체는 이익 창출이 어려운
단체다 더군다나 미디어 매체의 발달로 종이 책은 일부만의 소
유물로 전락했다.

시집을 발행 한들.. 서점에 진열한들.. 많고 많은 책들 중에 시
집은 거의가 외면받고 있으니 말이다.

초심을 잃지 않고 올곧은 문인의 길을 걸어가며 그래도 문학
이 좋아서, 글 쓰는 게 좋아서, 문우들과의 댓글 답글에 오고 가
는 정 때문에 글 카페는 삶의 일부가 됐고 이제는 떼려야 뗄 수도
없다.

호랑이가 가죽을 남긴다면 글쟁이는 글을 남긴다. 날마다 접하는 문학 글 카페, 직장 생활하면서도 궁금증에 수시로 열어봐야 직성이 풀리니 말이다. 팔자에 타고난 어쩔 수 없는 진정한 글쟁인가보다.

白華山(백화산)(지명 소개)

　백화산은 백두대간 소백산맥 준령으로 충북 영동군 경북 상주시에 반반씩 걸쳐있는 933m 영산이다.

　필자 백화의 출생지라 지면으로 소개할까 한다. 학창 시절 마을 뒷산으로 나무하던 놀이터였다.

　산세의 화려함보다는 고증된 역사가 살아 숨 쉰다. 고려시대엔 천혜의 요새로서 십만 몽골 대군을 격파 남하를 저지하였고 오만 군을 협곡 전투로 무찔렀다 한다 지도를 보면 우리 땅 정중앙이다.

　백화산성은 길이 20km 폭 4m 당시는 금 돌산 성이라 불렀다(신라 장군 김흠 축조) 신라 백제 전쟁때 신라 태종 무열왕이 금돌성에서 김유신에게 백제 징벌을 명하고 진두지휘하여 승전한 곳이다.

　필자는 동서의 갈등이 이때부터라 생각한다. 한성봉 하단에는 천년고찰 반야사가 있고어릴 적 고기 잡고 놀던 모동면 중 모천과 민주지산 줄기 송천이 만나 금강의 상류가 된 것이다.

백화산 남쪽 줄기 아래에는 황희 정승家의 학문과 덕행을 기린 옥동서원이 보존되어있고 정자 아래는 국민학교 시절 매년 소풍 갔었던 강변 둔치가 자연 친화적으로 잘 보존되어 수풀이 무성하다.

어릴 적엔 역사 고증이 안된 터라 글을 쓰면서부터 더 정확히는 백화 필명을 쓰고부터 유래를 알았다.

한성봉이나 상상봉에서 맑은 날씨엔 낙동강도 금강도 보인다 백화 영산을 알리고자 글로 남긴다.

*naver : 상주 백화산, 백화산성, 금돌성 검색

어느 여인의 울부짖음...

세상이 제아무리 넓다 해도 미디어 세상이 되다 보니 페이스북에서 지구 반대편 소식도 접하고 메신저로 또는 카톡으로 커뮤니케이션할 수도 있으니 참으로 편리한 세상 격세지감을 느낀다.

물론, 메신저 피싱이나 비 도적적인 요구를 하거나 의도적인 사기 폐해 또한 있기 마련이다.

여러분 모두의 혜안과 선견지명으로 잘 대처해 나가리라 의심치 않는다 만 그래도 걱정이 앞선다.

내가 운영하는 페이스북엔 주로 우리 문학회의 좋은 글을 엄선해 올린다 그것이 반대급부적으로 조회 수도 많아지고 문학계 저변 확대에도 많은

도움이 되는바 여러 가지로 이점이 있다 생각한다. 어느 날 페이스북에서 언제나처럼 친구 요청이 서너 사람 들어왔는데 유독 눈에 띄는 사람이 있었다. 나이는 같은 또래에 고향은 부산이고 현재 호주 캔버라에 거주하는 한국인이었다.

사연인즉, 부산에서 태어났으나 5세 때 부모님이 돌아가시고

고아원에서 자랐다한다 약 20년을 부산에서 살다 결혼 후 호주로 이민을 갔나 보다. 다는 알 수가 없지만 한글은 잘 숙지하고 있었다.

기구한 운명인지 모르지만 슬하에 자녀 하나 없이 지내다 남편마저 사망해 먼 나라 호주 땅에 혈혈단신이 되어 외로움과 고국의 그리움으로 지내다 후두암 발병으로 많은 고생을 했다 한다.

피붙이 하나 없이 의지할 남편마저 가고 먼 타국에서 비싼 치료비에 보호자 하나 없으니 어쩔까 생각건대 아마도 그런 복합적인 이유로 마약을 해서 몸도 마음도 피폐해져 공황상태가 됐나 보다.

타국 생활 55년에 몸마저 병들어 이겨내질 못하고 마약까지 했으니 구구절절 참으로 안타까운 사연이다 하여,, 절망과 희망의 차이는 종이 한 장이니 용기는 곧 희망이라 위로의 문자를 여러 번 보냈다.

또 하나, 못다 한 여한, 가슴에 맺힌 사연을 고운 글 문학회 글 카페에 써서 올려주면 일부 수정해서 문예지에 올려 드리겠노라 굳이 말씀을 드렸다 만, 카페에 들어오실지, 글을 올리실지는 의문이다.

문학인으로서 출판을 하는 사람으로서 이러한 가슴 아픈 사연을 모아 글로, 책으로 펴낸다면 모두가 공감하는 감동의 드라마가 되지 않을까? 또한 글쟁이로서 해야 할 의무 아닐까 생각한다.

따스한 마음 담은 선물

출판사를 운영하는 대표로서 또한 문학회를 이끌어 가는 회장으로 카페지기로 하루하루가 시간을 쪼개어 써야 할 만큼 분주한 일상이다.

배움에는 끝이 없기에 문학이란 다양성을 가진 서로 다른 장르이기에 다방면으로 견문을 넓힐까 해서 정격시조 만을 고집하는 문학회에 입단했다.

물론 행시로 등단도 하고 독자적으로 글을 써 왔기에 접하는 데 큰 어려움은 없다지만 그래도 더 깊이있는 공부를 위해 정회원으로 입회를 했다.

글 카페 서재 방을 배정받고 등단 시인으로서의 예우와 꽃다발까지 열렬한 환명을 받은 것이지만 겉치레가 아닌 마음에서 우러나온 환영이었다.

청풍명월 시조 문학회는 회원 간의 유대가 유독 타 문학회보다 돈독하고 문우애가 두터웠다 또한 문학회를 아끼는 마음에 기부 문화도 정착됐다.

물론 본인도 적은 금액이지만 매달 자동으로 계좌이체가 된다 그래서 그런 것은 아니지만 새로 입단한 회원에게도 배려는 정말 따스했다.

며칠 후면 충북 제천에 있는 청명회 시조 문학회 행사에 내려간다 정기적인 시낭송 공식 모임이다.

본인도 물론 자작시로 시낭송 기회가 주어진다. 저번 행사 때 생활한복을 입고 가서 멋스럽다는 칭송과 열렬한 환영을 받았다 고마운 답례로 어떤 선물을 해야 할까 고민하다 한복으로 결정했다.

그중에 가까이 지낸 몇 분에게 드리려고 내일은 동대문 시장으로 생활한복을 사러 나간다 오래전부터 옷감 선정에 색상까지 두루두루 고민을 했다.

받는 이의 입장과 마음도 배려해야 할 것이고 자랑도 생색도 아닌 선물이 되어야만 한다 또한 따스한 정을 담아야만 보람된 선물이 될 것이다.

돈이야 좀 들겠지만 전혀 아까운 마음이 안 든다. 선물이란 진솔한 마음을 담아야 진정한 선물이요

좋은 것은 공유해야 한다는 게 올곧은 나의 지론이다.

검정 고무신

한국 전쟁 이후 먹고살기 힘든 어릴 적 그 시절 명절 말고는 선물이라는 게 있었는가 싶다.

특별히 설 추석 말고는 선물을 받은 적이 없었다. 화전 밭 일구어 반찬거리 때 거리가 고작이고 겨울에 먹을 감자 고구마 무 배추가 전부다.

논이래야 두어 마지기에 겨우 식량 정도였으니 그 시절 고급 간식 이라고는 솜사탕, 아이스케키다.

운동회 때나 장날 사각 나무통 안에 반쯤 녹은 것, 그것도 부모님 기분 좋으실 때나 얻어먹는 것이다.

라면이라는 게 처음 나올 때 이름도 고상했던 고급 쇠고기 라면 한 개 값이면 다섯 식구 한 끼 먹을 국수 뭉치를 살수가 있었으니 엄청 비싼 것이다.

방학이나 휴일 점심은 언제나 국수 아니면 수제비였다. 라면은 비싸서 못 먹고 국수와 5대 1로 섞어서 끓였다 오죽하면 라면이 먹고 싶어 아프다 했을까.

오일장도 시오리 길 굽이굽이 걸어서 오간다. 읍내에서 하루

두 번 왕복하는 버스가 전부이고 기차역은 도시로 백 리 길이나 가야 탈 수 있었다.

어릴 적 등 하굣길도 비포장으로 왕복 삼십 리다. 보리밭에 된 장국, 학교 도착하면 벌써 배가 고프다.

도시락은 두 시간 끝나면 배고픔에 다 먹어치운다. 하굣길에는 이미 뱃속이 꼬르륵 공복 상태다.

오는 길에 찔레순도 오디도 따먹고 그랬었다. 오디 물이 베면 지워지지도 않아 모두 검정이다.

콩 나는 시절엔 콩서리해 먹고 땅콩 캐 구워 먹고 생무 우도 배고픔엔 제격이요 목화 따먹다 매 맞고 과일이나 수박 서리하다 학교까지 불려 가고 허참!

지금처럼 큰 산불 날 것도 없었다. 고사목은 베다. 부엌 땔 거리로 군불 거리로 심지어 낙엽도 솔 갈비 다 끌어와 온산이 생나무 빼고는 민둥산이었으니..

가뭄에 물이 줄면 고인 물에 가재도 참 많았고 비 온 후에는 냇가에 고기들이 도랑으로 올라온다.

족대 들고나가면 한주전자 잡아 특별 반찬이다. 깊은 곳에선 족대질에 큰 잉어나 메기도 잡혔고 좌충우돌 종횡무진에 검정 고무신도 잃어버리면 아예 벌 받을 각오하고 풀이 죽어서 들어간다.

꺼먹 고무신 잊어버리고 없으니 아버지 큰 고무신 내발엔 커서 나일론 끈으로 묶고 학교에 갔었다.

장날 돼서야 아버지 따라가서 고무신을 사 왔다 지금 생각하면 참으로 가난에 찌든 시절이다.

산골에서 머루 다래 따먹고 도라지 잔대 칡뿌리 캐며 지게 지고 나무한 것이 건강의 밑거름이다.

어찌 보면 시상의 원천도 그 시절 추억에서 베어나고 그렇게 어려운 시대 천진난만하게 자연과 더불어 자랐으니 지금 생각하면 오히려 행복한 시절이었다.

제6부

콩트 속 이야기 꽃

절간에 길손

터벅터벅 집으로 향하는 발길

벌써 몇 달째 방황이다

한때는 잘 나갔던 길수다.

중소기업 규모의 인쇄소를 운영해 명예도 부도 누렸것만..

IMF 여파로 꼬꾸라져 문 닫은 길수

집에 들어가면 백여시 닮은 마누라님 극성 바가지에 주눅이 든다.

풍요를 누리다 허리띠 졸라매고 살아가야 하니

헤프게 쓰던 습관이 쉽게 변할리 만무하다.

사치스럽게 살던 그 습관에 패물까지 팔아 살림에 보냈다 하니

심통이 여간 아니다.

각방 쓰면서 가끔 생각날 때 애걸복걸 빌고서

돈 벌어 온다 다짐을 해야 동침이다.

어젯밤 객고 한번 풀려고 큰돈 마련한다. 큰소리쳤으니

어찌할까!

잘 나가던 시절 어려운 친구에게

빌려준 돈이나 되돌려 받을까 결심을 했다.

동창들에게 수소문해보니 반가운 소식 들어왔다.

그 친구 옛날부터 도 닦는다고 도사 흉내 내더니만..

강원도 정선 근처 산골에 들어가 산다고 한다.

주소 하나 달랑 들고 터미널 매표소로 향한다.

고급 세단 몰고 다니던 시절 푸념해본들 뭐할까..

버스도 없는 시골 친구 찾아 나선 길수,

물어물어 가는 길

큰 재를 하나 넘어야 한다니 허허 참..

들녘 한복판에 서서 참으로 난감한 일이로다.

휑하니 썰렁한 곳에 참새들 이삭줍기 찬치판이다.

허기진 나그네 갈 길은 멀고

허허, 이거 참 난감한 일이로다.

어스름 해 질 녘 바람마저 싸늘하게 불어오니 어쩔까..

어디 빈집이라도 찾아 하루 묵어야 할 판이로다.

고개 하나 넘고서 멀리 마을이라도 보이니

그나마 한숨 놓였다.

어디선가 구수한 냄새,

당연지사 발길 그리 향한다.

이보시오 주인장 있소~!!

불러도 아무런 답이 없다.

암자 비슷한 외딴 절간에 탱그렁 풍경소리뿐이다.

우선 당장 배고픔에 정지간 부터 찾아 문을 열었다.

허허,

구수한 향기가 바로 가마솥에 이 백숙 냄새요

양푼 한가득 퍼서 주린 배에 허겁지겁 채워 넣었다.

절간에 고기라니 대박 났네~!!

여하튼 운수 대통이요

돌아 나오는데 벽에 매달린 곡차 병이 눈에 띄었소

기름기 가득한 입에 곡차 병나발 기막힌 궁합이요

소확행 첫 번째 먹는 게 우선,

배부름이 최고라지

방안엔 향내와 연기마저 가득하고

상단에 어렴풋이 눈에 들어온 목 좌 부처님

내려다보는 것 같아 냉큼 넙쭉 절을 해버렸다.

부처님!!

소인 배고픔에 정지간에 요기를 했나이다.

그런데 어찌하여 절간 백숙에 곡차까지 가득 있더이다.

배는 채웠으나 노자가 떨어져 시주는 못하옵니다.

술기운에 혼돈,

배부름에 큰 대자로 잠들고 말았다.

한참 지났을까 네이놈!

하는 소리에 눈을 뜨고 보니

지게 작대기를 든 승복차림의 중늙은이가 노려본다.

네 이놈 돼먹지 못한 놈,

어디서 음식에 곡차까지 다 먹어

빨리 나오지 못할까~!!

옆에 붙어 선 오십 대쯤 되어 보이는 아줌마 왈,

우리 서방님 드실 보약이란다.

죽일 듯이 설쳐대며 도리깨 휘두르듯 하는 것을 피해

신발도 못 챙기고 나그네 정신없이 도망치며

뒤돌아 일갈!!

절간에 웬 백숙에 곡차요 잘 먹었소~

허겁지겁 혼비백산 도망쳐 이리저리 헤매다가

남의 집 헛간에 볏짚 이불 삼아 하룻밤 보낸 후

동네 사람들께 주소를 수소문하고서

대경실색~!!

아뿔싸, 어젯밤 그 허름한 무당집 같은 절간이..

그럼 그 중늙은이가 바로 정호인가?

작심을 하고 백주대낮에 맨발로 다시 찾은 절간

어.. 너 길수 아니냐?

그래 넌.. 정호!!

어째 이런 일이..

인연이 악연이 되고 그렇게 마주친 두 사람,

오랜만에 거나하게 취해 집 걱정 잊은 채 회포를 풀었다

연속적으로 퍼마신 주독에

이튿날 해가 중천이 되어서야 일어났다.

사나운 암고양이 같이 보이던 친구 마나님

끓어준 북어 해장국으로 속은 풀었다지만

마음씨 너그러운 길수..

꾸어준 돈 얘기는 하지도 못하고서

그동안 망한 인쇄소와 집안 사정을 늘어놓았으나

친구 놈과 둘이서 죽는시늉을 하며 너스레를 떤다.

봉투 속에 십만 원..

원금에 일할도 안 되는 여비를 받아 들고 나선다.

길수,

터덜터덜 걸으며 중얼중얼

마눌님 에게 뭐라고 변명을 해야 되나

허허!!

이거 참 큰일이로다..

산골 나그네

시골 마을 어귀 빨래터

아낙네들 모여 시끌벅적

희멀건 허벅지 드러내고 젖무덤이 춤을 춘다.

세상사 분풀이하듯 방망이질 열중이다.

길 가던 나그네 민망한 듯 곁눈질에 어험 어험!!

아낙네들 하나같이 궁금증에 힐끔힐끔 쳐다본다.

산골에 보기 드문 훤칠한 남정네가 왔으니 말이다.

그.. 말씀 좀 물어보겠습니다~?

최.. 뭐시기가 이 동네 사는 게 맞나 궁금해서요

한 아줌씨 벌떡 일어나

최서방은 어찌 찾는다요~!!

하며, 빨래 거리 주섬주섬 챙겨 들고서

나 먼저 가요~잉

고쟁이 졸라매고 큰 엉덩이 흔들면서 앞장선다.

잠시 후 정지간에 왔다 갔다 부산 떨더니

이내,

찐 감자 몇 알에 겉절이 김치에 주전자 들이민다.

먼길 허기에 체면 불고 허겁지겁 막걸리도 꿀맛이다.

술기운에 슬며시 운을 뗀다.

몇 해 전에 이 집 친구가 찾아와 돈을 좀 빌려달라 했지요

사연인즉,

마누라 산달이라 돈이 필요하다 구구절절했더란다.

땅문서도 있고 해서 선뜻 백만 원을 주었더란다.

어메요~

백만 원이면 밭 때기가 서마지기인데... 쯔쯔쯔

아낙네 땅이 꺼져라 한숨에

저도 한잔 주시오 잉~!!

벌컥벌컥 한잔 들이켜고선 한숨 뒤에 나온 말,

그 땅도 벌써 날아갔구먼요..

취기에 너스레가 나온다.

이 집이 선조 때부터 땅 부자라 소문이 났단다.

아버지 말만 믿고 얼굴도 못 보고서 시집을 왔단다.

나가 그래도 말이요 잉~!!

읍내에서 잘 나가는 처녀였는디..

어쩌다 요 꼬라지가 되어버렸소 잉~

매무새를 다듬고 물수건으로 머리를 매만진다.

그래 우리 서방은 언제부터 친구가 되었소~?

아~!!

군대 시절에 이 친구가 애인 자랑을 합디다.

그래도 그때 사진보다 훨씬 이쁘시네요..

그 한마디에

아줌씨 흥이 나서 연신 자랑에 열중이다.

에구요~!!

주전자가 비었네 쪼까 기다리시요~

후딱 퍼 올랑께요

나간 김에 누가 볼까.

댓돌 신발부터 후딱 치운다.

주거니 받거니 취기에 그래 최서방은 어디에 있소?

말문을 터자 한숨 섞인 푸념..

있는 재산 노름판에 날리고서

빚쟁이 등살에 떠났단다.

먼 친척이 강원도 산판 하는데

돈 번다고 간지가 벌써 한 달이 넘었구먼이라

목도할 힘은 없고라~

그시기 배운 것은 있응께

에~

주판 들고 반장인가 뭔가 한답디다.

그나저나 할 말은 아니지만이라.

임신했다는 것 거짓뿌렁이지라.

아, 그시기를 제대로 해야 아가 들어서는 것, 이제

지대로 한번 해보질 못했어라.

문전에서 그냥 싸 불고..

힘대가리 없는 꽈리고추 마냥 늘어져서 덤벼들고..

풋고추는 잘 처먹더구먼유

어쩌요~!!

큰돈을 대신 갚을 수도 없고 며칠 기다려 보시요잉~!!

아직 올려면 달포가 남았는디 어쩌겠소

날도 저물고 버스도 장날만 오니께 일단 주무시요 잉~

미닫이 방 넘어 엉덩이 흔들며 이불을 꺼내어 간다.

말이 딴 방이지 구멍난 문종이 가림막 한 장 뿐이다.

낯선 곳이라 쉬 잠들지 못하고 뒤척뒤척.

술기운에 아랫도리 힘은 들어가고 싱숭생숭이다.

잠꼬대를 하는지..

끙끙대는 소리..

학학대는 소리,

호기심에 문틈으로 훔쳐본 생과부 자위 모습

오라는 듯 손짓까지..

아이구요~

정말로 환장하겠네~!!

에라 모르겠다..

홀애비에 생과부가 불 붙었으니 맘껏 상상하시라..

마님은 왜 돌쇠에게만 술을 주시나요~?

위이잉~위이잉~

탈곡기 차암 잘도 돌아간다.

머리에 수건 불끈,

장정 일꾼 놉이 네명이다.

돌쇠 그놈 힘이 장사로다.

딴전 부리지마라잉~

해지기전에 서마지기 다 털어야 한다 알었제!!

헛기침에 훈수를 둔다

하서방 부농집 주인 행새 하며 마누라 힐끔보고서

나 마실가네~!!

하고서 장터 과부댁 주막으로 간다.

볼품없는 생쥐 모양에 물려받은 땅이 백마지기라니

어깨에 힘줄만도 하다.

부엌 한켠 시끌벅적,

부엌떼기를 밀치고 마님 요리에 열중이다.

일꾼들 점심상 멍석에 내어주니 야단법석이다.

일꾼들 서로 식모에게 궁뎅이 붙히고 히히덕 거린다.

돌쇠야 이리와 앉아라 잉!

고기 한점 김치에 척 걸쳐

막걸리 한대접 들이밀고 돌쇠야 눈치껏 해라 잉~

오늘이 그날이여~!!

힘을 쪼까 아껴야한다 알것지라.

언능언능 김치에 싸서 고기 많이 먹어라잉~!!

지가 힘대가리가 없어 애가 안들어서제 허허참

마님 혼자서 중얼중얼..

새벽녘 첫닭 기운차게 울어 제친다.

허서방,

돈다발 바치고 주모에게 되도 않는 힘을 뺏으니

술냄새 진동에..

큰대자 코를골며 골아 떨어졌다.

이리저리 살피는 마님,

살금살금 뒷방 돌쇠 이불속으로 파고든다.

어메 좋은거!!

퐉퐉 굴러봐 잉~

비비 꼬는 콧소리에

애 들어서면 꽁쳐 준 돈으로 한 살림 내 줄 것이여~

몸을 뒤틀며 학학!!

거친 숨소리

역시 돌쇠여 돌쇠..

낮에 먹은 고기 힘으로 방아깨비 저리 가란다.

어느날 마님,

밥상 앞에서 우웩 우웩 입덧을 한다.

하서방 왈,

아따 뭔 일이여 밥상 앞에서..

어험!!

나가 두달째 그시기가 없어라..

애가 들어선 모양이요

하서방,

마님 손을잡고서 그것이 참말이여 참말~!!

어느 여름날 하서방 대문앞 새끼줄에 고추 걸렸네

하서방 입이 귀에 걸려서 동네방네 자랑질이다.

동네 아줌씨들..

하서방 안 닮고 돌쇠 닮았더구만.. 히히

귀가 어두운 하서방 무슨 말인지 몰라

눈만 멀뚱멀뚱

힛힛힛,

마님은 왜 돌쇠에게만 술을 주시느냐구요?

크크크,

돌쇠 십년치 세경에다 몰래 마님 웃돈까지..

건너마을 떡하니 마당 넓은 집하나 장만 하고서

밭떼기 너마지기 계약서 손도장 꾹 찍고

돌아서서

하하하 !!

나 돌쇠,

천하에 부러울것 하나 없소이다~!!

세월 지난 어느 장날,

튀밥집 앞에 마님과 아이가 서있다.

돌쇠 왈,

아이구 마님 !!

오랫만에 뵙는구만이라~

그참!!

도련님이 차암 튼실하게 생겼소 잉 ~

노을에 기대어 서서, 두 번째 시집을 내면서...

하루해가 짧은 줄만 알았지 삼년이란 세월이 이리도 빠를 줄 진정, 몰랐다 설레임에 들뜬 조급함에 졸작이 되는 줄 모르고 첫 번째 시집 낸 지가 어언 삼 년이 지났다.

한때는 세파에 휘청거리며 업보를 짊어진 채 방랑의 문객으로 이리저리 떠돌며 그래도, 창작의 끈을 놓지 않고서 날마다 이래저래 써본 글이 짐작컨대 족히 천 이백 편이 되었다.

졸작이든 수작이든 전 장르를 오가며 글을 썼답니다. 밴드와 타 카페에 문전걸식하듯 글쓰기를 이어갔으나 호응도 반응도 이방인 대하듯 하여 이게 아니다 싶어 고운글 문학회라는 둥지를 틀어 보금자리 속에서 카페지기라는 무한의 책임의식으로 글을 써왔으며 우여곡절 끝에 서정시로 수필로 한국 문단에 등단도 하고 출판사 대표로, 계간 문예지 발행인으로 문학하고는 떼려야 뗄 수도 없는 무거운 책임감으로 책 보따리를 짊어졌답니다.

이제는 스스로 편집도 해야 하는 막중한 책임감에 막상, 시작을 해보니 전문성이 부족한 사람으로서 산 넘고 물 건너 험난한 가시밭길 같은 것이었다.

　편집 탈고와 함께 육신은 탈진이 되었지만 스스로 해냈다는 카타르시스를 새삼 느껴가며 두 번째 시집을 냈다는 자부심으로 이제는 죽어도 여한이 없겠거니 하며, 큰 위안으로 삼은 것이요...

　물론, 독자분들께 어떻게 보일지 두려운 일이지만 고진감래로 얻어낸 시집이오니 예쁘게 보아주십사 읍소, 드리며 욕심이라면 시선집 낼 때까지 창작의 동아줄을 붙들고 좋은 글 쓰겠노라 약속드리면서 문학계 저변확대를 위해서도 최선을 다할 것이니 문학을 사랑해 주시기를 부탁드립니다. 감사합니다.

　　　　　　　　　　2022년 6월 30일 저자, 백화 문상희 올림.

문예지 "동인시집,,글 실어드립니다.

 안녕하십니까 (도서출판) 고운글 문예 대표 고운글 문예지 발행인 백화 문 상회입니다
 출판사에 발행되는 고운글 문예지와 동인 시집에 우수 창작글 실어드립니다 문학을 사랑하시는 분들의 많은 관심과 성원을 기대하오며 문학계 저변확대와 문학인의 꿈을 이루어 드리겠습니다
 참여 조건은 아래와 같습니다. 감사합니다.

* 문예지 글 등재 조건*
 1) 다음카페 : 고운글 문학회 3개월 이상 활동
 2) 활동 중 10 글 이상 창작 글 카페 등재
 3) 문예지 10권 의무 구매
 4) 장르 : 행시, 자유시, 시조, 동시, 에세이, 수필,콩트
 5) 글카페 활동에 열성적인 문학회 정회원에 한함

* 동인시집 발행 조건*
 1) 위 1번 항과 동일
 2) 위 2번 항과 동일
 3) 동인 시집 : 30권 이상 구매
 4) 위 4항과 동일
 5) 글카페 활동에 열성적인 문학회 정회원 한함

* 문예지, 동인지 참가 특전*
 1) 관청에 등록된 명실상부한 문학 단체입니다
 2) 위 1,2항 해당자 중 창작능력이 뛰어난 회원을 선별 고운글 문예지 발행인 직권으로 등단식 거행
 3) 본 문학회 등단 후 1년 경과 기간과 활동을 거쳐한국 문인협회 정회원 가입 가능(네이버 검색)

* 도서출판 : 고운글 문학회 대표
* 계간 : 고운글 문예지 발행인
* 다음 카페 : 고운글 문학회 회장

                           白華 文 相熙 詩人

도서출판 "고운글 문예지" 문학상 작품공모

　안녕하십니까 도서출판 고운글 문예 발행인 백화 문상희 인사드립니다
제호 변경 특집호 57,58 통권호가 6월말 출간 됩니다 계간지에 탑재될
최우수 작가상, 작품상 원고를 공모합니다
　심사에 당선된 작품은 계간지에 탑재되며 아울러 신인상 수상과 함께
등단 자격이 부여됩니다

* 창간 : 2008년 3월 1일(시와 수상문학)
* 제호변경 : 2022년 1월 11일(고운글 문예지)
* 허가 관청 : 서울시 중랑구청
* 매년 상반기, 하반기 2회 시행

* 보낼곳 : moonsanghee0826@naver.com
* 다음카페 : 고운글 문학회 고운글 문예 원고방
* 연락처 : 02)2277-7674, 010)3811-5458
* fax : 02)2277-7675 (정관 참조하세요)
* 작품 보내신후 필히 문자나 전화 주세요.

* 작품
　1 : 서정시, 자유시, 산문시, 행시 : 각 3편 이상
　2: 수필, 에세이, 콩트 : 각 2편 이상
　　원고지 200자(5매 내외)

* 등단 1년후 활동범위에 따라 한국문협에 가입됨

* 심사후 등단자격 가부를 결정 공지합니다.

도서출판 "고운글 문예" 발행인 백화 문상희

노을에 기대어 서서

인쇄·발행	2022년 7월 15일
인 쇄	명인문화사(조명호)
출판 등록	중랑, 제 2022 - 01호
발행처	도서출판 고운글 문예
주 소	02144
	서울시 중랑구 면목동131-8 선하우스 102호
전 화	02)2277-7674 (010-3811 -5458)
팩 스	02)2277-7675
이메일	moonsanghee0826@naver.com
카페주소	https//cafe.daum.net/ l -poemlove

시집 구입 입금 계좌　예금주 : 문상희
　　　　　　　　　　우리 : 1005-504-287652(도서출판 고운글문예)
　　　　　　　　　　신한 : 110-525-046190(고운글 문학회)

ISBN 979-11-979462-0-2
가격 / 12,000원